策略師

現代墨攻者

張雅屏 著

楔子 }

第一章 } 捲入政壇

第二章 } 嶄露頭角

第三章 } 墨者終局

後記 }

跋 } 短篇小品十卷 —— 人在做，誰在看？

楔子

「赴湯蹈刃，死不旋踵」
在監牢裡張程鈞常在想，
也許這就是從古到今墨家鉅子的結局。

（本故事純屬虛構，如有雷同實屬巧合。）

現代墨者

01 政治啟蒙 民主轉型的台灣

一九九二年春末，夕陽西沉，落日餘暉射向帝國大學大道上那盛開的杜鵑花，宛如一片火紅的朝霞，令人陶醉。另一頭，宿舍餐廳人頭湧動，要突破男女宿舍的管制，乃天賜良機之時。

張程鈞躺在宿舍床上摸著剛吃飽的肚子，一臉昏昏欲睡。

「咚」的一聲劃破宿舍的寂靜，「找誰？」張程鈞一臉錯愕的說，隨即門就被推了進來。幾個人簇擁著一位方臉大眼綁著馬尾的女同學，滿臉誠懇的笑著說自己是學生會長選舉候選人，請支持一票。一席話說的又快又急，講完一夥人隨即離開，「碰」的一聲，門就給闔上了。這股無名火燒的張程鈞非常不爽，隨即起身大吼：「沒禮貌，還選個屁！」他動氣的不是因為衣服來不及穿，只套了一件小內褲，而是這一夥拜票隊

伍，根本沒看清房中是神是鬼，敷衍一下就走。
因此，張程鈞對這位國立黨的學生會長候選人，
完全沒啥好感，除了那雙靈動的大眼睛。

　　張程鈞北上唸大學的第一年，在這以自由學
風稱著的環境中，充滿一股莫名的使命感。由大
一到大三，唸的是化學，參加的是服務性社團。
由於國中時期一段青澀的反抗記憶，即使身處相
對自由的校園環境中，張程鈞很自然的完全避開
了相關活動。除了有一次被學長拉去，在國父紀
念館前的馬路上喊著「廢除刑法一〇〇條」、
「×××下台」的口號，但才沒兩下，張程鈞
就閃到旁邊，改以一個旁觀者角度看這一條緩緩
流動的人龍。在他心中，前段時間發生的學運
中，在紀念堂抗議的學長、學妹們和北京天安門
前那位佇立在戰車前的男子一樣，都只是一場大
戲的棋子。不論是誰開第一槍？或是飢餓了多少
天？皆非重點！重點是下棋的人能不能讓這盤
棋如其所願的走到那一步，讓權力集中到自己手
上。只不過中國大陸用的是槍桿子收場，而台灣

政治則因轉型進入民主國家後，以「民意」也就
是多數人的意見來收場。

　　然而，張程鈞並不認為這些是他可以參與
的，也不是他有能力摻和的。所以他選擇理科，
當一名科學家，空餘參加服務性社團，廣場上的
學長、學姊們關心的台灣前途、中國動盪、國立
黨爭什麼的，他都覺得「關我屁事！」

　　一九九○年代，台灣正經歷著一條多數由專
制政權轉型為民主政體所沒有走過的路徑，由一
黨政體和平轉為多黨政體。一九五○～一九七○
年間，國立黨在一黨獨大下，並在兩岸對峙局勢
中穩定建設了台灣，在相對穩定的一黨體制政治
環境下，國立黨等於是政府的一部分。

　　到了一九八○年代，台灣經濟起飛，由於採
取了進口替代及出口導向的經貿策略，與其他多
數同時運用美援的國家相較，台灣在經貿上的成
功，是顯而易見的。但在政治氛圍上，台灣在

「兩江總統」期間,長達逾四十年的戒嚴,雖有選舉活動,但實際運作上倒較像是國立黨用以平衡地方權力人士的工具。反觀同期部分中南美國家,各政黨為了掌握國家權力,以勝選為目的加碼福利政策,形成了以民粹為主,只想討好人民掌權的政治文化。在政權不斷更迭下,執政者更加媚俗,政府運作的品質更淪為政治人物貪婪的犧牲品,以至於不斷惡性循環直到軍人干政推翻政府,戲碼不斷重演,民不聊生。

　　張程鈞國中時期,就是因為看了當時「黨外」雜誌,進而得知台灣在兩江時期類似軍政府統治,但張程鈞覺得台灣並沒有像那些中南美國家混亂。反而因為政府相對穩定,才能與「萬惡的共匪」抗衡,似乎並沒有那些黨外雜誌上講的那麼不堪。但很不幸的,國中還有些傻呼呼的張程鈞,連身高都還沒抽高,民族幼苗就受到嚴謹的「政治整肅」。居然被舉報看會污染思想的書籍。這樣的經歷,對張程鈞來說,一直影響著他,使他對國立黨弄權爭鬥的人物抱持負面觀

感，但也因那些黨外雜誌「害他不淺」，所以他
對所謂的黨外，也就是後來的民基黨亦無好感，
反倒是對能穩定國家的兩江總統頗佩服的。尤其
是上了大學後，張程鈞發現，雖然小江總統在戒
嚴期間掌握軍政大權，其權力和一些中南美國家
軍政府獨裁者完全一樣，甚至可定生死，但小江
總統並未選擇和那些獨夫一樣，用更強烈的手段
壓制反對力量，更沒有封殺當時剛成立的民基
黨，反而加速民主化──解嚴、解報禁、黨禁以
及開放兩岸交流，讓國立黨真正面對人民，這是
相信台灣人民，也是對台灣民主制度有信心的表
現，其遠見和胸襟都讓人感念。

　　張程鈞這一代人在這種特殊的氛圍下成長，
所學的是：「要沈默，要懂得保護自己，要低
調，因為棒打出頭鳥。」

02 初試啼聲 服務熱忱的啟發

　　日復一日，大三以前的張程鈞每個星期一、四晚上都會參加社團活動，到育幼院陪院童輔導課業。這個社團的成員不算多，但學習氣氛很強，因此張程鈞除了系上的課程外，在社團中多學了一些心理學的智能，以及比較深入的行為心理學等。社團學長中，最照顧他的是一位物理學系的學長，主因是在社團中被編排在同一組的關係。另一位要好的社會系學姊則是人本教育基金會的志工，則是常和這群大男生混在一起，性格如同男孩子一般，毫無隔閡。

　　這些社團的服務經驗單純也簡單，真正激發張程鈞服務熱誠的反而是宿舍生活的改善。原來張程鈞原本抽中的大學宿舍相當破爛，大二就和社團學長住在另一間收費相仿卻新很多的宿舍，因此張程鈞認為宿舍問題對一般學生而言更有急迫性。

一九九〇年代前的大學生宿舍餐廳，並沒有什麼學生可以參與的角色，但因為自我意識的提升，學生們開始抱怨這些餐廳伙食就像豬吃的一樣！一家又一家來做伙食的商家，在付給宿舍和校方權利金和福利金後，菜就變差了，學生也就完全管不著了。如此一來，宿舍中的老人自然開始帶頭反彈，開始向校內行政單位反映抗議，甚至結合一批具有同樣想法的同學參選學生自治會總幹事以求改善。

　　張程鈞真正看到「草根民主」，是在宿舍總幹事選舉，而校方行政單位介入總幹事的選舉更是司空見慣，幾乎是校方安排誰，誰就有辦法擔任總幹事。這位總幹事平常就寫同學的修繕單，參加學校和各宿舍總幹事的會議，每遇上宿舍福利社和餐廳要簽約時就做學生代表出席會議。說穿了也沒什麼事，但倒是有些福利，包含有一整間房間可做辦公室兼寢室，也有一些由學校撥付的活動費可以攪動一下平淡無趣的宿舍生活。

在住宿生自主意識抬頭下，張程鈞被系上學長找去幫他室友選總幹事。除了一間間發宣傳單，也到宿舍旁校外的小麵攤聽聽「民意」等，忙活了一陣子，投票那天還要顧票箱。由於多人參選，學長的室友沒上，回頭張程鈞也就乖乖的被做育幼院服務的社團學長找去當社團幹部了。

「程鈞，要找時間討論小組拉新生的事囉！」找張程鈞當小組長後，自己升一級任輔導長的物理系康學長說道。張程鈞大二的生活就這樣扎實的綁在課業和社團當中，除一週兩次的輔導外，迎新、幹訓、讀書會、學長姊聚會、寒暑假的流浪營，充實了社團生活。大三時的張程鈞已完整走過這個服務性社團的「職涯」了，由一個社團的活動部成員、活動部長、輔導組小組長、輔導長到團長，即使這樣的校園生活相當不錯，但他總覺得少了些什麼。

看著這一兩年的學生會長選舉，改革派學生說要在世界地圖上看到帝大，根本是屁話。而明

顯帶著國立黨色彩的學生沒能拿出什麼牛肉，只會挑一些人多的系所學生當候選人，說是「票源考量」，但也沒什麼具體進展。即使生活在校園的時間很長，張程鈞卻一直抓不到自己真正想要的是什麼，只隱隱知道自己在乎的是「幫不幫得上忙」，以及「是不是需要自己參與」，但真正要什麼？或有什麼具體的想法要去推動，大學時期的張程鈞，還沒被點醒，心得有點像崔健唱的〈苦行僧〉。

> 我要從南走到北，
> 我還要從白走到黑。
> 我要人們都看到我，但不知道我是誰。
> 我有這雙腳，我有這雙腿。
> 我有這千山和萬水，
> 我要這所有的所有……

03　因緣際會　踏入宿舍服務

　　張程鈞大四進入系上實驗室，決定朝向自小的志願、科學家努力。在指導老師的指導下，大四就發表了兩篇外文期刊，可算是好的開始。在微觀的科學世界中，張程鈞找到了一種模型，足以分析這些微觀世界的變化、預測和應用模型，以建立分子機械的基礎研究知識，他幻想能設計出微型馬達、微型分子機械等特殊結構的分子。為了完成這些研究，必須大量使用電腦的計算。

　　一九九〇年代，要用工作站才能完成一次的計算，而要完成一份報告得向政府才有的超級電腦申請計算時間。每天在漫長等待結果的空擋，張程鈞開始上 BBS。

　　在 BBS 站上張程鈞使用真名，在當時網路匿名世界中是相對少見的使用者。而此時的校園網路，儘管僅供學術使用，並沒有和所謂外網的

現代墨者

民用網路連線，但各大專院校的學生們，仍紛紛
湧入各校的 BBS，以及數個在宿網間興起的知
名大站。

　　儘管 BBS 站一些匿名發言者愈來愈張狂，
但理性專業的討論文亦陸續出現，這讓張程鈞那
股莫名的使命感找到了出口。

　　在直攻申請通過升上碩士後，為了住宿問
題，張程鈞和一起考上碩士的兩位同學商量，若
真沒抽到宿舍就向學校自告奮勇，做研究生宿舍
的自治會幹部。

　　大學和研究所宿舍完全是兩種生活型態，大
學部宿舍充滿著歡樂，除了期中期末考期間，不
是鄰居相找就是系上相找，去吃宵夜、聯誼、夜
遊，有空玩更有空弄學生自治。研究所呢？各自
窩在研究室，用披星戴月一詞來形容可一點也不
誇張，哪有空搞學生自治？然而，命運在此時，
給張程鈞一個大大的轉折。

　　「程鈞，我有抽到，但腳毛瑞沒抽到，看來我們三個得去爭取做生治會幹部了。」由於早期研究生少，所以有一些研究生的宿舍，還依理工農文醫來分，而數化舍就是其中理科研究生為主的研究生宿舍。說要準備向校方自報為宿舍幹部的叫小賴，是一位個頭不高且生性樂觀的男生，和張程鈞是大學同學，也是碩士班同學。而提到的腳毛瑞，是另一位化學系同學的外號，但他考去生化所。這些原化學系同學，雖各自上了研究所，但為了住宿問題又湊到了一塊，三個人約好了晚上一起在小賴研究室集合商量一下。

　　「腳毛瑞，我和程鈞抽到了，就你沒抽到，就你來做總幹事吧？」張程鈞看著小賴一副天塌下來也沒他事的模樣，心中不覺一笑，因為小賴根本搞錯了。

　　「小賴，不是這樣，我們之前商量一起住，本來就是要有人當生治會總幹事，才能三個人住四人房，所以和我有沒有抽到無關。而且要做總

幹事也得是住宿生，也就是說一間四人房若有一人做了總幹事，為了不打擾別人，可以三人住四人房，多得一個人的空間是讓總幹事運用的，所以這樣反而是你和程鈞才能掛總幹事。」腳毛瑞說到。

　　腳毛瑞平常不開口，別人開他玩笑他也就笑笑的。小賴和張程鈞有次就故意開腳毛瑞的玩笑，說他的腳毛長到可以綁辮子，他就認真的拉了拉幾根快頭髮般長的腳毛，認真的編起了一小段腳毛辮。自此後他就被兩個同學稱為「腳毛瑞」或簡稱「毛瑞」了。

　　而小賴總是笑呵呵的，活是個縮小版的安西教練，毛瑞則是比較沒表情，但熟了後也相當搞笑。而張程鈞是這些人當中最常出點子，把兩人呼來喚去，但三個人大學四年和之後的研究所生涯中能保持交情不變，最主要的原因是，他們都有一顆誠實善良的心。

　　「那先講原則吧！就不管是誰作總幹事我們都要一起幫忙，就和之前說的一樣，但只有我和小賴有抽到才可以掛，所以就兩人抽籤吧！」張程鈞一臉正氣凜然的說道。其實張程鈞早知道是住宿生才可以如此，想到三人一起弄宿務倒是可行，因為數化舍是一間非常舊，且是以博士生為主的舍位，不到百人的規模，沒福利社和餐廳，只要處理好修繕就好。而且成員又都是博班學長，平日裡安靜到幾乎沒人住一樣。三人都欣然同意下，由毛瑞弄了三根竹筷，抽到短的就當總幹事。

　　抽起籤的張程鈞轉過身，只聽見「啪」的一聲，兩人看著張程鈞右手中那半截竹筷，左手竟又握著一小段截斷竹筷。毛瑞回嗆：「要自願不早說，害我浪費一根筷子」，三人相視而笑。

　　不意外的，張程鈞成了總幹事。

04 學生首戰　初嚐幕僚滋味

　　開學後，三人除了研究室外，回到寢室就是上宿網，只不過小賴和毛瑞是看交友版找人聊天，張程鈞則是看有沒有人在討論住宿問題的版上留言。隨著張程鈞開始在各版間留言，也開始在學代會、研究生協會的版上駐足，留下一篇又一篇以真名討論校園公共事務的文章。

　　某個傍晚，小賴敲了敲張程鈞研究室的門，說是研究室學姊要找人，張程鈞由暗房的氣體動力實驗室走出來。「程鈞，學姊要選研究生協會的會長，要找我們幫忙，出來吃飯聊聊。」張程鈞也知道這事，只是之前學姊找他的時候，自己沒答應，看來學姊是想把小賴找去，然後再用買一送一的方式幫上自己。其實，張程鈞並不反對幫這位學姊，而且自己系上的直屬學姊選個什麼位子，能幫上忙也是很好的。

　　大三的時候，系上同學小張以是否準備出國留學為理由，勸張程鈞入國立黨，說加入就有機會拿到獎學金。張程鈞心中頗排斥，但小張同學很認真的再三鼓勵，張程鈞也認真的向小張同學說出了自己對國立黨的陰影。

　　「我在國中時，曾因為看黨外雜誌而被認為思想有問題，每天被校長室秘書留下，在校內看前總統嘉言錄，看兩個星期還要寫心得報告。」這位小張同學驚訝道：「程鈞……不想要入黨，也不用說這種故事啊！況且你經過這樣的薰陶之下，應該是更了解吧！」聽到這兒，張程鈞氣的牙都歪了，回嘴說：「你混蛋啦！這是千真萬確的事，我可不想害你背上介紹思想不正份子入黨的罪名，當時不是寫心得而已，居然還有警察跑到我家去查訪，結果看到我家中牆上掛著我父親晉升上校的照片就走了。」

　　這位看起來業績壓力頗大的同學說道：「聽了你這段故事，我覺得你更該入黨了！你若真要

出國，有黨籍可保平順，而且入了黨沒需要還可以退黨啊！就這樣，我就先幫你把入黨申請書交了。」自此張程鈞就糊裏糊塗進入了國立黨，什麼宣示、訓練也沒有。

這個學姊，是張程鈞的直屬學姊，但除了大一時帶張程鈞認識環境之後就沒消沒息了。現在她就坐在張程鈞、小賴和毛瑞的面前，很誠懇的說到：「我找你們幫忙，是因為你們都剛碩一，我自己碩二準備出國念博班了。而這屆碩一，無論是系上直接考上和直攻的就你們幾個，我比較熟，小賴是我實驗室的學弟，程鈞亦是我同家族的直屬學弟，毛瑞大四也在我們實驗室幫忙，而且你們幾個又同宿舍，不找你們找誰？你們也是生治會幹部，以前很少住宿生選會長，我們這些中南部在帝大的同學，可以一起幫忙其他同學，只要我當選，我會加強宿舍選服。」

「加上程鈞又常在網路 BBS 上發言，網路我希望能多多請程鈞幫忙，拜託了。」

張程鈞三個人停下吃東西的動作，互相看了一眼，俗話說得好：「吃人嘴軟，拿人手短。」吃也吃了，拿也拿了，就幫自己系上學姊也沒什麼不對的。只不過這位學姊有國立黨色彩，而國立黨對帝大學生自治圈的選舉一向關注。早期在其青年工作中稱為「第一專案」，且在帝國大學校園中設有「覺青學會」，各學院甚至都有社團，但早已淡出。所以學生會長連幾年都是被具民基黨色彩的「改革派」學生拿走。

　　研究生則是和教職員比較近，屬於另一個系統稱為「羿先學會」，在黨國體制時，該學會的負責人由國立黨校黨部安排，過去校黨部主委就由校長兼任。

　　在一九九五年台灣首次要選出民選總統的當下，帝大的校園氛圍很奇妙，早已不具控制力的國立黨青年工作單位似乎想運用在學生自治組織推舉學生幹部參選和勝選，來穩定自己在新權力結構中的地位。

現代墨者

就這樣在不明大環境險惡下，張程鈞一夥三人開始幫忙。開過一次學姊與其他輔選幹部都來參加的幹部會議後，沒意外的張程鈞三人負責宿舍與網路，而其他幹部則帶著「官位」各自負責自己所在的學院。但這次會議後，就沒看到這批學生官了，下次看到時就是慶功宴了。

　　發傳單、綁宣傳布條，弄得和社會上的選舉一樣，網路 BBS 上打打筆仗，就這樣張程鈞第一次踏入學生自治組織的選舉。過程沒什麼驚心動魄的地方，但深深感到國立黨這個黨是從根爛起的黨。原來那些號稱各學院負責幹部的學生官，連自己答應要幫忙都酬勞，要錢就算了，開銷還多報！模仿一般選舉，做事看不到人，內鬥倒擅長得很；好的不學，學壞的，老狗玩不出新花樣。

　　就這樣學姊當上了會長，張程鈞成了網路部長，也因為這次參與進入了和校方行政系統對話的機制，加上原本就負責一間小宿舍，校方居然

要「物盡其用」的找張程鈞當一間舊大樓改建宿
舍的學生監工代表，並表明未來改建完成後，第
一任總幹事要請張程鈞幫忙。

　　隨著碩一即將結束，張程鈞的研究相當順
利，在實驗室老師的指導下，張程鈞很有效率的
完整推導出一個以巨觀靜電力學模型應用於分子
尺度的計算，透過這個模型可以更有效地應用在
分子內作用力造成的分子組態，這也就是分子機
械的基礎。碩一的張程鈞手上已經發表三篇國際
學術期刊，另外仍有三套分子模型正在計算，也
因此老師鼓勵張程鈞直攻博士。不意外的，張程
鈞直升博一，而他的學生自治參與也進入了另一
個階段，參選校務會議代表。

05 脫黨參選 服務才是硬道理

一九九〇年代，是一個民主狂飆的年代，帝大更是走在社會前端。大學自治、政黨退出校園，學生治校等口號隨民主化的聲浪喊的震天價響，較為極端的主張亦相繼出現，例如性別平等及多元認同議題浮出檯面，也因此出現第一位女同性戀者的學生會長。

此時的張程鈞當選學生代表大會的研究生代表，在宿舍和網路上有一定的發言力量，其原因當然不是因為他帥，更不是會搞怪。而是他很認真的幫住宿同學反應和協助修繕，甚至幫其他宿舍總幹事向校方總務爭取加快修繕。但張程鈞用的不是改革派學生常用的對抗模式，而是先弄清楚同學需求，協助校方會勘需求是否屬實，幾次之後，連校方總務長也認同了這位熱心過頭的博士生。

　　張程鈞博一在課業與研究之餘，在宿舍自治圈中成立了總幹事聯誼會，更在學代會中串連住宿舍的代表成立了「住宿生福利促進會」，其中不少是前任各宿舍總幹事。

　　在網路上悠遊打打筆仗日子也過得相當快意，沒想到的是，國立黨中的黨官總是喜歡撿現成的。

　　有機會一同參與學代會，和張程鈞一同在研究生協會幫忙的國立黨籍研究生，明顯的和一些學生官不同，願意出力而不是出嘴。這些朋友口中的國立黨成員成立了一個自己的小圈子，有別於國立黨在各大專院校的幹部，「中華民國國立黨」其英文縮寫正好是 ROCKER，參加成員可以自己挑一個 100 以內的號碼，如張程鈞是 99 號，且因為學業研究外還有空閒弄這些學生公共議題，看起來頗閒散，故自稱「鹹橄欖黨」。

　　別看這五、六位學代，除了在校期間重組了

國立黨「覺青學會」，也發起向教育部和國科會抗議刪減研究生獎助金的活動，還結合住宿生推動廢除舟山路，還給帝大學生一條安全的路，讓當時民基黨的台北市長承諾還地。也因短短一兩年間，張程鈞喊不同於改革派學生意識形態口號，也不同於國立黨學生僅以福利為號召，卻放不下身段清談式的論政。張程鈞這種以爭取福利的行動多於口號，以合作取代抗爭，但亦不排除上街並不畏懼面對官員，這些作法不僅讓一般同學接受，也爭取到不少學生自治圈和宿舍幹部的認同。

這時國立黨「羿先學會」的一位幹部老師，竟然逕自向上報說下任研究協會將由他培養的張程鈞代表參選。張程鈞一聽到這事，牛脾氣就上來了。心想這段日子以來，沒見到這些國立黨學生官幫忙，甚至一開始還扯後腿，現在自己做出點成績了，平常看不到人的老師就出來了！張程鈞只有三個字「我不幹！」

就這樣，一九九六年研究生協會會長改選在即，ROCKER當中有幾位幹部被老師要求來勸說張程鈞，當這四、五位夥伴銜命來勸時，張程鈞不改其色，堅定拒絕。

此時張程鈞已是近六百人的帝大國青研究生宿舍的總幹事，也是帝大宿舍聯誼會的前召集人，正準備推出新召集人參選學生會長，忙死了。而且博士資格考也快考完了，最不願被凹的張程鈞說：「我們剛把覺青學會接回來，這學期我們恢復長城通訊，讓我們好好弄這些打底的事，比選研協有意義。而且覺青我們弄一半不弄，就沒人弄了，怎麼說得過去？」

「研協推一個學弟，找我幫忙可以，但做會長不行，再逼我，我連覺青都不弄了，我請辭。」大家七嘴八舌的說不用這麼認真，他們都挺張程鈞，人選讓他們去處理。

一來一往，那位老師因為已上呈張程鈞是代

表國立黨的候選人，沒理由要他改人選，這面子掛不住，竟因此提出要開除張程鈞黨籍，理由是懼戰。

幾天後，張程鈞不請自來的出席了羿先學會的教職員生區分部常委聯席會議，在敲門入內後，和那位擔任總幹事的老師嗆道：「我張程鈞做這些服務同學的事，不是為了選會長，我要服務同學也不是受國立黨指揮。不用開除，我自行退出，在此我宣布自行參選第一屆研究生校務會議代表，因為我不懼戰！」

帝大校務會議在一九九〇年代進行改革，首先擴大教授參與，更近一步讓各學生自治幹部擔任校務會議學生代表，學生代表由學生會長，學代會議長和各院學生會會長共八位組成，研究生卻僅由研究生協會會長代表，由於比例上研究生代表不足，校方便要求研究生直接票選兩名，也就是和研究生協會會長一樣由全體研究生再票選出兩位校務會議代表。

在火爆的氣氛下，張程鈞翻了桌，並馬上在 BBS 上宣布自己的參選。而原本國立黨安排的兩位校務會議代表的人選也傻了，其中，一位電機系學長用 BBS 交談功能找張程鈞了解狀況，被張程鈞反勸說：「我的參選是證明不是我選不上更不是懼戰，而是讓這些黨官看清我的票數，你也不用擔心，我不是針對你。」張程鈞宣布後，立刻成為宿舍圈和學代圈的八卦話題，一度傳出張程鈞是因為走反國立黨當權派的路線，被掃地出門。還引用了以前張程鈞在 BBS 上之前反對當時國立黨所提名的立委候選人為證，謠言滿天飛。

　　此時 ROCKER 的幹部，也找了他們的總召洪立倫來跟張程鈞談談。「程鈞，你想要當李敖嗎？一位一直反抗權力的人是很孤獨的。」電機博班的洪立倫用很低平的聲調問張程鈞。

　　「我沒那麼有才，我只是不能接受國立黨老師的老大心態，而且服務的工作不弄，只會找人

吃飯聚餐，吃完之後呢？最後出文宣份子拉宣傳布條，到各系拜託的還不是我們？他就這樣打一份簽呈，就把我們全闎了。欺上瞞下莫為此甚！反正我破罐子破摔，也不想在國立黨混一官半職。我有我的學位與人生方向。」

張程鈞高聲道「過去國立黨懂得培養用人，早年有李鼎、孫璿兩位做實事的官員，現在有誰？黎總統已經是第一位民選總統了，掌握大權又讓完全沒經驗和淵源的兒子接青年工作會主任，只是吃喝花錢，有心做事的幹部心都寒了。」

洪立倫沉著氣說道：「你發你的牢騷，我們幾個都看不慣當今上位的做法，但現在不是鬧分裂的時候，你去選我們不可能幫忙，反過來我們也會向上反應，不能懲罰你，我們不認同總幹事的做法，總之選完再聚聚。」分開時張程鈞很豪氣的說：「選兩個席次，都沒辦法上，我可以撞豆腐自殺了！」這樣的結果，等於是張程鈞將在

無任何來自國立黨的支援下，參選第一屆研究生校務會議代表。

隨著投票日接近，張程鈞不免的還是動員了自己在宿舍的好友圈，連系上的親友也都動起來了。開票時，張程鈞在國青宿舍中吃泡麵，然後接到 BBS 傳來的訊息，張程鈞以超過研究生協會會長得票近一倍的結果，當選了帝大第一屆研究生校務會議代表。

BBS 傳來各方的道賀，但張程鈞並沒有高興多久，因為他開始覺得，選這個職務讓他虧大了。張程鈞雖有博士班的獎助金，早不向家中拿錢的他，還得好好謝謝幫忙的各宿舍總幹事和系上同學。還好平日裡有運用一些時間買賣股票，小小賺了些錢，張程鈞只好賣幾張股票請這些好同學聚餐。而 BBS 上冒出來的助選員，張程鈞就把他們列入好友，期望日後多多交流。

雖然這次參選的舉動有些意氣用事，但這樣

的參選經驗，讓張程鈞知道，「只要服務做得好，不用屁話滿嘴跑；服務看得到，吃飯交際可以少。」

06 墨者破繭　踏上政治之路

　　一九九七年，國立黨的力量雖已退出帝大校園，但仍有不少教職員認同早年國立黨以民眾服務等為主的理念。因此張程鈞這位反國立黨當權派的學生，這些人倒是很認同，而 ROCKER 這一幫子人也因早早告知國立黨青年工作的北區負責人，不可以推走張程鈞，嗣後亦進一步與張程鈞合作推動覺青學會的運作。

　　在校務會議中，研究生代表和一般教授校務會議代表一樣可以提案，有表決權，張程鈞甚至被安排參與程序委員會。張程鈞這一年被校方視同是校務會議的學生首席代表，因為連兩年當選的學生會長，都是張程鈞所運作的宿舍總幹事聯誼會成員，與張程鈞有一定的配合，張程鈞也受聘為學生會顧問。

　　研究生協會也將張程鈞掛名在顧問名單上。

然而，這些花費在校園事務的時間，讓實驗室老師開始不太接受了。當張程鈞開始參與校園事務時，指導老師常饒有興趣的找張程鈞聊政治圈的這些事，博二時張程鈞還與實驗室學長在老師帶隊下，去了一趟美國佛州參加化學理論計算論壇年會。近一個月的相處，張程鈞發現這位五十幾歲仍未娶的老師，在政治立場上似是反國立黨的，這也是張程鈞不選研協會長的原因之一。

不管如何，張程鈞心中已浮現了未來藍圖，在他心中，若只是發表一些少數人才懂的論文，還不如應將所學運用在對眾人有益的事情上，因此做實事的孫璿先生成了張程鈞的學習目標，想走一條由理工做基礎向公共事務發展的路，在他的想法中，拿到學位後到學校教書兼行政職是可行的方向。而且自小張程鈞就認為要做大事不必做大官，但做大官有助於做大事。此時他確實有心向政治領域發展，但這只是一個小火苗。

一九九八年台北市長改選，覺青學會在指導

老師林教授的安排下，新生訓練時找來了受多方力推參選市長的馬央久先生來演講。馬先生是覺青學會的大學長，在張程鈞大學期間，馬先生即擔任許多政府要職，但因和國立黨當權派不甚契合，在發出「不知為何而戰，不知為誰而戰」的魄力發言後便離開政府職務。張程鈞看著剛演講完的馬學長，心中想著當年宿舍中有老師說：「你們要好好努力做學問，操守要好，做事要真，要向馬先生那樣。」深深認為做人得做一位讓人尊敬的人。

　　看著數位老師和擔任公職的學長們，勸說著選市長的事，馬先生以豐富表情說道：「我願意一拼啊！但要是你們勸我的說法是由黨主席口中說出來，我哪有什麼顧忌？」張程鈞觀察這不到五人的言談互動聚會，就像是多年未見的一群老同學，每個人表情都是如此的鮮活，而不是螢幕上所看到的，臉上彷彿包著保鮮膜似的，看不出人味。

沒多久後，媒體上就傳出馬先生宣布參選台
北市長了。

　　當年，國立黨嚴重分裂，台北市仍由民基黨
沈市長穩穩坐著，馬先生的參選成了一股清流。
林教授所關心的正是青年人如何能參與有意義的
事務，他演講的名言是「現在青年人是吃飽等
死。」而張程鈞也正是一位希望能做事，而不是
當一位花瓶的學生。

　　老國立黨的黨工，一直把青年學生當做花
瓶，辦活動要動員年輕人來，理由是「畫面比較
好看」，而不是真的讓學生幹部好好歷練與學
習，當然也沒有好好的規劃和培訓。

　　張程鈞曾很認真地提過一些選訓用合一的公
共事務人才培養建議給所謂的上級黨部，國立黨
在二〇〇〇年以前仍有常規性的學生幹部訓練，
但訓練後的聯誼卻成了青年學生黨官的聯誼場，
吃香喝辣，令人厭惡。

幹訓後不久的一個下午，張程鈞正在看另一位大學部的賴學代在 BBS 上寫的文章，他忍不住去做了一些回應和質疑，算是在 BBS 上的鬥嘴，而這位學代正好也是林教授系上的學生。林教授透過張程鈞和許多當時活躍在帝大學生自治社團中的成員相識，並決定要找張程鈞來幫馬先生：「程鈞，有空到我研究室一下嗎，順便約賴同學一起。」張程鈞也沒多想，透過 BBS 的聊天功能告知了賴學代，直接約在哲學系館碰面。

　　在俗稱「洞洞館」的哲學系門外，張程鈞看這帝大的一草一木，超過八年的時間，由一個不願參與校園事務，到因緣際會的由宿舍服務到正式參與學生自治，連續支持了三屆學生會長和研協會長都能得到多數同學認同而當選，感到相當欣慰。但他對於國立黨高層的老大心態相當不滿。一九九七年的地方選舉，國立黨所提出的黑金縣市長候選人名單，不意外的走向慘敗。

　　因此，張程鈞利用副總統到帝大演講的機

會，和 ROCKER 上演了一場由基層學生黨員
「聘請」副總統為國立黨黨主席的插曲，結果是
該場活動主辦的教授被國立黨中央遷怒並調查，
欲確認是否是副總統人馬自導自演，向當時的總
統逼宮。張程鈞對此頗自得其樂，因為在他的構
想下，聘書橋段根本不夠有畫面，乾脆另外送一
雙球鞋給副總統，希望副總統他老人家能勤下基
層，走訪民意以重振國立黨。這些回憶，在張程
鈞腦中飛轉。

此時，賴學代主動向張程鈞試探性的問道：
「學長，老師有說找我們做什麼？」張程鈞回
過神，想了想：「沒提，但大概和市長選舉有
關吧。」

林教授開門見山說道，「程鈞，你們在網路
上吵的東西有人傳給我看了，沒什麼意義。我希
望你們找一些有意願幫忙馬先生的同學，一起來
做點有意義的事。」

　　張程鈞也坦然表示：「賴桑是大學部學代中很有想法，也有行動力的學弟，我們幾個碩博士老師都熟，若可以我們會討論一下，提出如何參與的計畫，至於賴桑部分我們再談談。」

　　因為張程鈞的博士論文正在比較緊張的狀況，不能以全職方向配合，賴桑因為大四了，可望全職投入。因此張程鈞向林老師提了兩組計畫：一是「W98」，組織一群二百人的跨校大專院校學生志工，協助地方意見點拜訪，包括了傳統雜貨店、機車行、洗衣店等，蒐集是否支持馬先生和為何支持馬先生的理由。另一組則以能全職為主，配合一些來幫馬先生的新聞媒體人，稱為機動組，算是市政白皮書的前置工作。

　　張程鈞沒有想過，無心插柳下，他正一步一步開始走向政治事務領域。張程鈞開始在北區各校中串聯同學來幫忙，馬先生組織系統的成員便開始開玩笑的稱呼張程鈞是人蛇集團的「蛇頭」。幾乎每場活動，從進場前置場勘、大進場

的旗隊以及協助行程安排的行前工作,都有這一批「青年軍」的身影。而百位志工則分南北二區,逐一進行的文宣點拜訪,開拓出黨部所沒有的近三千個文宣點,這些點又分為支持者可放五百份以上文宣的Ａ級,以及支持者可放一百至五百份以下文宣的Ｂ級,以及僅可放少量文宣的支持點,每當有文宣要發,這組人至少可負擔十萬份文宣。

這些真正參與的並不只是會上台跳熱舞的青年軍,還啟蒙了張程鈞的選舉策略師的思想準備。選舉活動背後帶給張程鈞的不僅僅是朋友間的動員,也不是單純的信奉政黨意識形態,張程鈞懂事後就受到父親的提醒:「政治很殘忍,會弄到親友反目。」但自張程鈞開始真正以服務周遭人,一同解決他人的問題,他發現解決他人問題時那種成就感,是令人感到喜悅的。

此時的張程鈞了解自己的志業與方向就是「解決問題」。而如何在民主政體環境解決眾人

的問題？贏得選舉就是最直接的方法。但這還是很虛幻，不切實際，這種空乏感，讓張程鈞不時重新思索。

張程鈞雖然是理工科的學術底子，自大學時仍修習哲學、社會學，雖然一些論述在大一和大二時仍似懂非懂，但隨著和各系所不同背景的人互動，張程鈞對各方面的涉略愈來愈深。尤其是參與校園事務與輔選歷程，張程鈞更發現了自己的不足。

張程鈞整理了自己所學，發現多是理論科學：能算出氫原子的波函數，能推衍出氨基分子的各種分子異構物間的變化路徑，但有什麼用？張程鈞開始由自己熟悉的「政治」類書籍，這個國家的立國原則「主義」一書著手。看了一段時間，開始回頭看中國各朝歷史，也開始注意管理學，以及愈來愈龐雜的書籍。其中春秋時期的諸子百家中的墨子，讓張程鈞特別有感覺。

墨子以超過當代科學的能力，製造出許多城防器具，論述層次更是在戰亂紛傳的時代提出許多當今仍深具原創性的理念，不論是「兼愛」、「非攻」，和「組織模式」，既有古代俠士之風也有當今謀士雛型。而墨子的這些觀念，在當今民主政體下的政黨政治，正是選戰中的各類成員。墨者中的鉅子，指揮戰鬥以戰逼和，即正式選舉中「總幹事」的角色。而以不流血的戰爭來形容當今民主政權的選舉活動，墨者的摩頂放踵、利天下觀，於人心的爭取與謀略的攻防中，有太多可以學習之處。簡而言之，選舉策略若成學問，當中的祖師爺必然是墨子。

張程鈞參與一九九八年台北市長選舉，助選的對象獲得勝選。

07 告別校園　被奪走的博士學位

　　一九九八年台北市長馬先生勝選後，張程鈞隨即回到研究室繼續攻讀博士學位，由於前一位博士班的學長剛離開，實驗室人力才剛由碩士生補充，戰力有待強化。實驗室指導老師錢教授卻是一聲不響，繼續和另一位物理化學的諾貝爾級大師專研研究所以上的雷射化學和分子動力學的課程，實驗室中除了張程鈞外的兩位博士候選人，其中一位進入了論文口試階段的學姊則更顯得焦慮。

　　由於張程鈞參與校園事務和選舉協助的工作，有向指導教授先報告，不影響研究情況，所以系上都知道張程鈞和新任台北市長有輔選的互動關係，倒也沒生出什麼波瀾。看似平淡無波的苦悶研究生涯，似乎會很平順的度過，但意外總在不經意處發生。

「老師，我的研究要能畢業，會不會時間不夠？」身為博士候選人的學姊擔心地向錢老師說出了她的憂慮。錢教授心裡清楚，目前這個題目的研究能量才剛讓前一位博士畢業，這位女博士要用類似題目走人，很難在口試時過關。即使學姊的實驗前景非常有吸引力，但目前很難做成。錢老師盤算兩個實驗的進度，一組是博士候選人學姊的氯分子光分解與再結合的氣體動力學，另一個是張程鈞與另一位博士學長的分子機械的結構計算和應用研究。而又因為張程鈞的進度超前，將分子機械的分子內旋轉的異構物研究方法，發展出另一組題目，且他也成功推導出靜電力學可應用在量子尺度的模型。模型推導出來當下，錢教授就笑著對張程鈞說：「你可以量產發表期刊報告了。」而張程鈞也不辱期待，大四就準備了二篇期刊，直升碩士後更完成了第三篇，直攻博士第二年即完成了三組分子系統、四篇期刊，以及準備整合這三組分子系統好來發表一篇整合型的論文，並將發表到歐洲物理化學理論計算期刊中。

　　由這個實驗室的情況來看，是一個中型的研究室，而且正在成果噴發期。但也因為張程鈞的研究進度超前，反而使準博士學姊有了不同心思，就是換題目！

　　學姊已博五而張程鈞博三，學姊的題目進度離成熟還有一段過程，而張程鈞的成果支撐個博士只要有些許的實驗數據就夠了，再傻的人都想得到，何況是一位趕著畢業的準博士生？

　　偏偏張程鈞自認參與公共事務沒有延誤研究進度，且是經過教授同意的，也沒注意到這學姊的心思，更沒注意到教授安排學姊「協助」他組建新的分子內旋轉實驗設備的用意，還充滿了感恩的心，感謝學姊的協助及老師的恩德，認為上帝天主與佛祖對他實在照顧。

　　一九九九年七月對人生充滿希望的張程鈞才剛由陽明山下山，為了幫一組總統候選人招兵買馬，他連三週週末都在山上，共完成了三組幹

訓，培養了一批社會青年，二批學生青年共三百多人。

　　張程鈞回到實驗室都快晚上九點，看到錢教授正在研究室中，向老師問好後，進到實驗室中的暗房檢查是否正常在運作，看到一切安好，尤其需要補充的液態氮的抽氣過濾氯氣的設備，裡面的液態氮還滿的，張程鈞想學弟真貼心，還幫忙加液態氮才走。一走出暗房，看到錢教授還在外坐著看資料，心裡就覺得不太對了。

　　「張程鈞。實驗室的機器還在動，你不在去辦事一下可以，但太久不行。雖然這組實驗是你學姊的，讓你幫忙看也是實驗室整體人力的安排，你要注意！」

　　果然，老師故意留下不走就是有話要說。而且提到幫學姊顧實驗不能離開太久，接著又戴上實驗室整體人力的大帽子，張程鈞心中開始有警覺了。

　　沒想到幾天後，半夜突然發生了大停電，張程鈞馬上由宿舍趕回研究室，緊急處理整個實驗室的系統，抽氣、冷卻，但雷射的系統卻因為停電而全面受損。接下來的一個月更因電力不穩，實驗室幾乎暫停運作，除了深夜電力還相對平穩下，電腦和工作站免強可以運作、跑計算之外，實驗部分很難正常運作了。

　　而總統大選的部分，張程鈞負責網路小組的工作，代號「Net IN」。主要就是帶一組人在幾個人數較多的 BBS 站的政治等相關版面上貼文並帶風向。當時張程鈞協助的這組總統候選人民調不高，加上國立黨分裂造成的氣勢萎靡不振，整體環境並不樂觀。但在張程鈞的操作下，網路 BBS 聲望倒是逆勢看長，只不過傳統媒體還未將注意力轉到這些尚未成氣候的新興媒體上，只有幾篇以週刊文體寫成的文章被注意轉載而上了新聞。

　　就在張程鈞邊在實驗室調校雷射，邊努力寫

論文，但天不從人意，震驚全台的九二一大地震衝擊全台！發生當下，張程鈞立刻趕回研究室，雖然沒有爆炸和或產生火光，但光學桌位移，雷射的調整和校正又得重來了，尤其是有一組要重新向國外訂製的光學鹽片因停電而受潮，災情相當慘重。就在全國投入救災時，張程鈞也投入自己要救的實驗室災情。

但令張程鈞訝異的是，學姊竟突然畢業了！那組由張程鈞「幫忙」的數據，正式由張程鈞「接收了」。令張程鈞生氣而且不能接受的是，錢老師說的「幫忙」做實驗，卻成了「換手」。

成了博士的學姊則是畢業嫁人去了，並未如實驗室慣例留下來做助教，且由碩士班學弟轉告，張程鈞才知道這位學姊花了一個學期「說服」錢教授，將張程鈞原本的題目換給自己，其中打動錢教授的一句話是：「為什麼好做的題目要給不認真的人？」講白了，就是辦公室的小型打手，而錢教授雖秉承帝大自由學風，但在意識

形態上因對國立黨有所偏見，加上這位學姊煽風
點火，張程鈞就成了「不認真的人」。只不過，
這位「不認真的人」是研究室研究生中目前期刊
數最多的人。

　　在張程鈞遭遇換研究題目的當下，研究也因
為地震造成莫大影響，錢教授也當實驗室所有人
面前說：「程鈞同學的實驗條件相當難控制，要
在定壓下將反應槽控制恆溫且浮動不能超過 0.1
度，而且還不是室溫。這才能達成氯分子光分解
成原子在二氧化碳超臨界流體中，觀察到延緩再
結合反應的現象。」

　　張程鈞心中很不平衡，但在指導老師可決定
畢業與否的現實下，沒人敢挑戰象牙塔中的王
者。張程鈞學術研究在這種內外都不利的環境下
累積實驗數據，同時也在網路世界持續打出和現
實不同的選舉氣氛，一直將國立黨總統候選人的
BBS 網路聲量持續維持在四十五％以上，這在
二〇〇〇年總統大選中是很難以理解的事。張程

鈞發展出一套 BBS 的戰法，這種戰法的操作只要二位寫手，其他有推文的人只要寫三行回應即可，往往一篇重點發文可以在一週內維持前十名沒問題。

同樣的若遇上對手發文，第一時間中巡網手回應並將主題改為有利我方或不利對方的標題，並通報寫手回應，就不會有太大問題。因此真正的指揮者是巡網手，而攻擊手則是寫手，至於跟文的部分就是類似蜂群效應的角色罷了。

九二一大地震後一個月，張程鈞提出了博士論文的初稿。錢教授看了題目，還沒翻內容就面色不善的說道：「我讓你寫的論文，只是讓你碩士畢業的，你以為是什麼？博士畢業證書你自己向行政大樓那些人要！」

張程鈞像是被雷打到一般，但仍鎮定的看著這位令他心情複雜到無以復加的長輩。張程鈞大三時，因為修錢教授的物理化學頗有心得且成績

不錯，錢教授也欣賞這位學生，當時就透過物理化學實驗課的助教向張程鈞提出：大四要不要到他們研究室，張程鈞也順其自然的進錢教授的研究室，展開他的研究生活。這樣算起來也超過六年的時間 —— 大學部一年、碩士一年，加上直攻博士後的四年多，不可能沒有感情。但讓張程鈞不解的是，為何錢教授不能用教育的方式指導他，而是用這麼絕的處置方式。

錢教授接著告訴張程鈞，口試委員要張程鈞自己找，口試定在十一月十一日。張程鈞紅著眼離開老師的研究室，回想自己原先的人生規劃，在今天發生了巨變，自責、後悔各種負面情緒湧上心頭。但張程鈞突然反過來想到，他原先希望由學術加行政職，並同關注社會以輔選的角度切入公共領域。現在，上天為了他開這一扇門，等於是直接要張程鈞投入公共服務，想到此，張程鈞反而巴不得趕快離開學校，重新開始。

張程鈞和校內行政系統幾位比較有接觸的老

師和長輩，提到他的處境。一位化工系的老師直接提出，問張程鈞要不要直接轉到化工系念博班，他可以盡快幫他完成博士學業，甚至連校長也私下找張程鈞關心，了解處境。但張程鈞想通了，並在決定了方向後，一一向這些長輩致謝。就這樣張程鈞鼓起精神，在十一月十一日完成了口試，而自己的指導教授要求其他口試委員以博士班口試不通過為由，改授碩士口試通過的方式完成了這項史無前例的學位口試。

一位年輕教授口試委員結束後，不理解的和張程鈞詢問到底和錢教授怎麼了？為何錢教授要求打不及格？因為就算指導教授不滿意，通常只是要求改一改後，再提出二次口試，或直接修正後通過，這樣首次打不及格處置，還真是第一次遇到。

張程鈞拿著離校手續單，到研教組領畢業證書。一開始，教研組還拿著做好的博士畢業證書要發，張程鈞看到了這張證書心中苦澀難言。

　　就這樣張程鈞碩士畢業了，用一種獨立於世
的孤傲心情，準備在未來的選舉活動中大展身手
一翻。

現代墨者

第二章 }
展露頭角

01 決定入行 近身觀察立委一戰

　　二〇〇〇年總統大選，國立黨大敗，民進基黨首次政黨輪替，而這次張程鈞僅在網路 BBS 討論區中打了一場游擊戰，雖無關勝敗，但卻發現了網路 BBS 在未來在選戰中可能扮演的角色，不論是動員、文宣或議題，這個載體的效率與所觸及的族群，在五到十年後，將重重的衝擊著社會各層面，改變未來的媒體生態，使得媒體朝向巨型化或分散個體化發展，中型或地方媒體若不轉型將難以生存。

　　二〇〇〇年敗選的國立黨，快速將敗選問題定位為分裂，導致分裂的原因和失去民心的結構性問題與責任，直接將矛頭指向了黎總統。彷彿只要沒有黎先生的本土化政策，國立黨的領導中心仍然可穩坐台北山型府一般。

　　但張程鈞的學校經驗及輔選感受告訴他並非

如此，雖沒有什麼理論基礎，但張程鈞對國立黨內的老大心態以及與時代脫節的陳腐氣息，相當不以為然。

例如一些任職青年工作會的黨務幹部，找校園學生幹部只會吃飯，不談理想、不談問題，更別提什麼政黨精神了，甚至整個黨代表大會成了炒股報明牌大會，追逐名位者邀約各地的黨代表大擺宴席，很少有什麼有意義的談話。

一個由根爛起，失去中心思想的政黨，張程鈞非常難以理解如何能度過快速民主化的過程。但張程鈞對國立黨所擁有的那份深厚的時代感，以及創立國家時所寄望的創黨精神及立國要旨，都是其他政治團體所沒有的「傳統」。而民主政體的選舉中，「傳統」不應成為失分，反而應成為一種可信任的意識根源。只要政黨成員有共識及有意識的將自身的傳統正面價值持續傳遞給支持者，向民眾並建立政治工作者的行為典範，並將政黨制度與運作予以制度化取代人治的易變

性，若再加上代表性人物的公眾表現具有開創性與被期待性，改造一個政黨確實是很難，但並非不可能。

張程鈞知道自己過去的學位智能、實務技能與社會科學有所落差，經過博士班期間的自修和有意識自學地朝向一些管理科學技能探究，有了這些具體方向後，張程鈞正式踏出校園的第一步，決定前往立法院工作並準備考取專案管理師證照。

幾乎沒有任何閒置的時間，張程鈞很快地被找到進入立法院幫忙做科技幕僚。在將近一年的時間中，張程鈞直接參與了一些法案的制定過程，也運用了立委服務民眾的天職推動了一些政策，前者有科技基本法和電信法，後者則有數位廣播、電動自行車以及業界科專的推動，不論檯面上或是檯面下的運作，張程鈞都歷練了些實務經驗。

　　其中一場可稱為全民運動的「股條」買賣，
讓張程鈞見識到政策可以如何影響經濟行為，而
商界又是如何的和政界之間犬牙相交。古往今來
政商交纏從未消停，但就看在其中掌權者，是否
在行事上受到對價關係的影響。明明有資格者，
因政界人脈不通而喪失市場競逐機會，而資格不
符者，買空賣空取得特許後，再套現賣出，真正
受損的仍是一般老百姓的權利。

　　無論如何，未到三十歲的張程鈞有機會見識
到近億現金，而未起任何貪念，因此受到當時立
院委員老闆的另眼看待，將自己成立基金會的事
交給了張程鈞一起謀劃和運作。

　　張程鈞將金流、人流和資訊平台分拆，建構
了一套做法。其中金流以公司型式運作，並接案
辦事做諮詢、仲介和執行，和當時剛起步的人力
派遣業有些相似。人流則以協會為主，目的是將
辦公室涉及事務的團體和地方人士做結合。資訊
流則建構在基金會中的各委員會，以結合產官學

各項有關資訊。

　　而基金會本身是這三個面向的主體，由基金會收取募款，委託公司辦理活動和業務，和協會合辦會議及研討會，基金會自身則以結合各種業務需求，產出專業層次的報告。這樣的機制，事務上推動了數位廣播和音響展的合作，另外則在電動自行車的 CNS 型式認證上也做出了具體貢獻。等於在一些需要多種辦公室結合才能運作的事，張程鈞和二、三位同事就能推動出成效。為了加強這些工作的能力，張程鈞不停地上課考取專案管理師、人力資源規劃師，並朝向稽核師的方向努力。

　　這段期間的張程鈞，透過不斷的參與和啟動各種專案，甚至為引入燃料電池和光學鏡片的工程人才，前往莫斯科。因為當時蘇聯剛瓦解，大量基礎科學工程人才流出，張程鈞看到了一個國家制度的崩解下，一般人民過的是什麼樣的生活，雖有自由但現實生活壓力讓他們更沒尊嚴，

但極權政體的解構，自由開放的經濟制度仍讓俄羅斯的人民滿懷希望和期待。

而另一個專案涉及電動自行車的聯誼會，這些廠商希望能找到無刷馬達的製造人才，張程鈞正巧有一個亦師亦友的前輩要到當時改革開放的中國大陸做一些事業。這位張大哥幾乎是張程鈞出社會後在立法院這龍蛇雜處環境中，學習這些社團基金會等運作的師傅。加上這位張大哥自己的人生觀亦相當豁達，兩人合作相當愉快。在中國大陸將近一個月的時間，張程鈞了解到，儘管二〇〇〇年時中國大陸的改革開放幅度還不夠大，但已將人民求生存和脫貧的力量點燃了。

這段期間，張程鈞在浙江義烏小商品城進了一貨櫃的手機吊飾，良率僅五成下仍有二十五％的獲利，在杭州花鳥城的餐舖合作參了一股，三個月後賺了約一成。雖然沒找到無刷馬達的專家，但看到了比莫斯科還有力量的爆炸性成長，已然在中國大陸的城鄉之間成型。

「學長，委員要準備選連任了，希望基金會成員能聚在一起下台中幫忙。」在立委辦公室擔任執行長的帝大學弟，也是在張程鈞一離開學校即提供立委基金會這份工作的朋友，認真的提出了要求。張程鈞很快說道：「幫委員打這場選舉是理所當然的，但有個原則，就是我不直接處理選舉經費，且基金會的錢不能用在選舉上。」這些方向，早在張程鈞心中盤算許久，也算是合情合理。所以兩人完全沒有多餘的討論，就依此而行，過沒幾天，張程鈞就直接到台中參加團隊的第一次選務會議了。

　　張程鈞的立委老闆算是青壯派，學者形象的從政者，家族背景並不複雜，主要是從事在中部地區建築業。但因為當選立委，家族和建設公司的重要成員也自然成了競選團隊的成員。其中銷售團隊成了競選團隊的主要成員，鮮少地方派系人士參與，文宣則由國會辦公室和公司建案銷售的文案人員合作，做了些很有個人風格的文宣。而地方社團的聯絡系統則是由房屋代銷公司的業

務幹部組成,頗有突破傳統地方人士的選舉模
式,但也被同黨參選人認為選情看好,使得黨部
分配的組織票,僅不到其他參選人的四分之一,
而且被分配區域還是需要「資源」強化的票源
區域。

　　所謂國立黨的組織票,可大致分為三大類。
優者為黨工掌握,可機動調動,成員主要以鐵桿
黨員和志工為主,一個區黨部主任可掌握三至五
百張票。次者為責任區小組長為主的票源,這類
票源基本上需要一到二次的互動或動員方能有效
果,通常是有繳交黨費的一般黨員。而最費力
的,就是黨部號稱「五百萬黨員名冊」的名單,
需要一一電話拜票,且效果難以評估。

　　由於張程鈞的委員老闆上次當選票數不差,
加上一任的經營,在科技業和一些地方社團確實
有開拓,所以被地方黨部評估為選情穩定。但張
程鈞發現整個團隊多數人沒有危機感,一些有過
上次勝選經驗的輔選幹部更是流露出「穩中」的

氣息，這些幹部向其他成員表達其樂觀理由，表示過往立委現任者連任率達七成以上，要大家穩扎穩打就可。甚至還開玩笑說票不要拿太多，以免被其他候選人公幹。

選舉發生還擔心票太多的心態，可大大不妙！張程鈞一直提出就算黨部只有提供非核心票源名單，但總是一個機會，要加速電話拜訪，甚至組成上千人的家訪大隊。選舉這門學問，校園服務加上台北市長輔選的經驗告訴他，要穩扎穩打，不能輕敵。

張程鈞認為應善用報表和確認選民互動紀錄，將選民分級，加強確認投票日當天的投票行為掌握，選民要出門將票投入，才能算做完拉票動作，而不是打打電話，做做民調，放放文宣，就認為可以坐等投票結果。這種「票票入櫃」的積極作法，在各種輔選作為中，是少見的「實用主義」風格。

一般選舉研究探討選民投票行為，以民調為主加上歷史投票資料做出選舉預測，至於候選人做了什麼，而所做的選舉行為中又達成了什麼效果，甚至候選人的選舉策略有何依據，其依據是否有何理論或經驗法則，就更難以探究了。張程鈞對自己參與第一次多席次選舉，有一些準備和想法，但由於並非實際負責組織文宣和策略，僅為協助聯絡基金會過去一年所接觸過的業界和地方社團，實在難有具體或直接影響。

依照張程鈞的觀察，要勝選應掌握兩個機會和搭配三種策略。他第一次用綜觀全局的角度來看一場選舉，並和立委老闆的台中競選團隊中的徐大哥有過多次的討論，徐大哥對立委老闆的選情也頗為憂慮，大概是台中競選團隊中少數認為並非鐵當選的重要幹部。張程鈞和徐大哥幾次交談和走訪一些社團親友後，提出的兩個重要機會為觀察點。

其一是和國立黨內的輔選有關，在多席次競

選時，國立黨會由地方黨部規劃責任區，通常會對較弱的黨籍候選人做加強布局。另一個是對手陣營怎麼看待我方的選情，可由投票前對手的文宣火網強弱與否反觀我方陣營是否在當選邊緣，若被當成目標攻擊，不代表你很強，而是你在當選邊緣，落選有助對手當選。

這兩個觀察時間點，前者黨內輔選布局大約是選前四到三個月，後者敵對政黨文宣火網大約是選前一個月會挑定對象。這兩個時間點，處理的好是轉機，處理不好是危機。偏偏在第一個時機，立委老闆的責任區主票源被切給了一位由議員轉戰的新人，若此時向黨部哭喊危險，會吵的孩子有糖吃，反而可穩住，但可惜的是在地輔選幹部並不以為意。

而第二個時間點發生在民基黨發起了「在怎麼野蠻也不可以」系列廣告，而台中的選區指的就是張程鈞的立委老闆，加上另一組委外民調顯示，已經在當選邊緣了，證實了張程鈞的觀察，

這下子張程鈞的立委老闆選擇要有動作了。而張程鈞早在第一個時機點發生責任區虛化時，就提了三種建議，最遲都是要在投票前一個月以前啟動的工作。

首先是要找一千名工讀生，且戶籍所在地，每人用保險的方式進行家訪拜票。其次要找到一般比較不會去投票，但又具群聚性的族群，如計程車司機、特種行業從業人員等。第三，一定要在選前讓候選人自己出現在自己的票源區掃街表示告急，不能讓「穩上」的流言所傷。

但最後第一案僅推了約三百人的工讀生，第二案由徐大哥在台中幾間酒店幹部做了連接，而第三張告急牌則成了候選人的牽手進行掃街告急。整體效果僅穩定了不到兩千票，比原先預期五千票的目標少了一大半。而開票結果，成了落選頭，距離吊車尾當選人差不到一千票。

張程鈞發現，一場選戰在候選人一確定後，

結果也就幾乎確定，而剩下的就是如何將票催出來。這場張程鈞原先評估應勝而未勝的一場選戰，就是候選人與團隊所流露出的危機感不足，加上其家族模式的運作下，專業意見很難被客觀處理，任何建議是否執行，基本上是以建議者與家族中的關係或身分來決定。

這和張程鈞先前參與過的選戰完全不同，但這也是真實的台灣地區多數參選人的選舉模式。是否理性抉擇？是否考量投票行為？是否相信所謂的政治版圖和意識形態？這些理論和張程鈞所觀察到的選舉在地運作不見得一致。

在事後和徐大哥一場大醉之後，內化成張程鈞更希望找出「勝選方程式」的動力。尤其是在得票分析時，張程鈞很肯定的是那三百個工讀生所做出的成果，以指定區域家訪和多數是在地人的情況下，該投票區里內投票所得票不降反升。加上由徐大哥所回報的「特殊黨部」投票數，若能多找二百名工讀生，或許結果就不同了。

　　但很遺憾的是，競選團隊檢討敗選原因，居然是最後有約五百票被另一位同黨當選者挖走了。證據是一位黨內大老投票前幾天來開了個所需經費的數字給立委的父親，以決定是否要轉移這約五百票的「機動票」，當時立委老闆的家族覺得沒必要所以就拒絕了，一來一去一千票，竟成了敗選的主因，這讓張程鈞覺得相當無力。

02　實際操盤　實踐全市組織戰

　　張程鈞帶著滿滿的經驗與遺憾回到了台北，不久後台北市長的選舉即起，現任市長準備連任，起手式即以全市的基層走訪開始，馬先生的勤政清廉頗受公認，準備連任的第一步是辦理次分區說明會。

　　一般人不清楚什麼叫「次分區」，但經過把張程鈞找出來幫忙的組織幕僚一說明，張程鈞立刻就懂了。張程鈞此時一方面協助馬先生的學者幕僚辦理校園的學生幹部訓練，同時結訓的部分成員吸納作為台北市長連任選舉的「九一辦公室」的組織工作。

　　所謂次分區，即原台北市有七十六個類似派出所的轄區，全市四百四十九個里，則平均六個里為一個次分區。此劃分的好處是和警消的志義工系統結合，也容易抓到適當的人際生活圈。

一般而言，次分區市政說明會，由市長親自出席，傾聽基層的市政意見，成效很好。除了里鄰系統感覺受到重視，各局處實際辦理與民眾直接互動的公務員，也能在市府高層前露臉，對於積極任事的公務員是種鼓勵。在這次辦理市政說明會期間，「九一辦公室」成員就在現場認識其基層人士，包含里長和各協會與市場自治會的會長等，會議中的一些民眾問題，除了市府有正式紀錄，小組也會針對問題和市長回應作記錄。約若半年時間下來，「九一辦公室」由一開始的學生幹部，陸續加入了一些里長的晚輩或親友，近二十人的運作團隊就此成形。

　　在競選總部成立之後，由市黨部各單位主管併入總部，競選總部組織主管由市黨部高層擔任，副主管則由總部推派，而在市府中有公職者不得掛名，因此張程鈞成了動員部的副手。早在張程鈞協助籌組「九一辦公室」時，就提了一套新的組織與民調作業並行的計畫，即以十二個行政區為單位，收集各里鄰及各類志工、工會成員

和各里的熱心民眾電話資料，以簡易式民調進行電訪。而民調問卷則以詢問對各區二項主要市政議題，並結合當時市政和政治議題，加上對市長滿意度的調查，共整理出十五萬份有效資料。而「九一辦公室」成員則依電訪對市政非滿意的民眾資料，安排家訪。家訪時與受訪者建立是否支持和是否願意成為文宣點和動員點，志工確認流程是家訪前先再次電話了解對市長的支持度，對支持者再安排前往並探究願意支持方式。

所謂文宣點則是否願意留置選舉文宣，並調查可協助投置文宣份數，而動員點則是了解競選活動時，可否願意動員親友參與且可動員人數。這些訪查，是以建立選戰通路為主，並準備建構投票日的監報票系統。這些工作全部獨立於黨部以外，張程鈞所做的細緻程度，被黨部組織高層形容如「精耕」一般，遠超過黨部平時對黨員經營的方式。

而張程鈞所帶領的小組成員大致分為兩大

組，一為電訪組，一為家訪組。自二〇〇二年三月運作至年底投票前，所用經費不含民調式電訪約四百五十多萬，民調式電訪含資料建檔共約四百五十萬，整套下來得到文宣點一次可發放文宣量達二十萬份，動員點可掌握的直接催票對象共約為十八萬票，選前配合志工造勢活動所做的動員檢查，單次活動無動員經費僅靠連絡之下超過八千人。

最後於投票日當天建置的報票系統，硬是比黨部快且還正確。除了這一套有別於過往的組織模式外，競選期間，張程鈞組建一組「抗元小隊」，對手陣營公開行程中如影隨形，並派設影像以掌握對手情資，另外，也同步參加競選系統的各類組織性活動，擔任行前和現場人員辨識的工作。

整體來說張程鈞在二〇〇二年所組建的「九一辦公室」，除了政策、文宣和募款外，其他競選執行面的工作以及活動現場情資的收集，做的

相當齊全。整個過程中，張程鈞也從中得到了許多經驗。

　　例如有次家訪員要去拜訪時，資料中有一位當地議員的助理，在電話說明時造成誤會，讓這位助理以為市長本人要到，而整個情況是訪員到場才知道場面弄大了，議員帶領下數百人等市長到，張程鈞知道狀況後立馬趕到現場，向議員說明，全然擔起聯絡不當的責任。並向市長室進行回報，以先了解民眾問題作為說明，做下次安排市長走訪行程的方式紓解群眾和議員的不滿，而這位聯絡家訪的幹部嚇的臉都白了。

　　這位幹部是大型攤商自治會的兒子，並沒想到張程鈞竟直接先擔了，而在這位幹部記憶中，張程鈞可不是這麼好說話的主管。但張程鈞心中有一把尺，寧防範未然，也不要在出事時吵給別人看。

　　而這樣的事情若遇上刻意生事之徒，則難以

避免。有次張程鈞的家訪負責幹部，到一位較特殊的地方人士處拜訪，人還未回來，張程鈞就接到市長市窗口的電話。

「程鈞，是不是有人去東湖家訪了？」電話那頭語氣輕鬆地問道。

「有的，一組兩人，下午走了四個點，其中有一位拜訪對象中是上次您有提過的老里長，有問題嗎？」張程鈞很主動提到是否有狀況，因為這種情況通常是有受訪者和市長室或民政局相當熟，會去查證家訪員的真偽。

「沒什麼。今天拜訪紀錄，老里長要記清楚些，尤其是現場還有誰在場。」張程鈞聽到這兒，不是傻子就該知道有人咬耳朵了。一問之下，原來在老里長那間宮廟中，確實有兩位不是拜訪對象的人在場，而老里長有反應是否可補助里長申請傳真機的經費，而現場的家訪員則回應會將意見攜回了解。沒想到另外三人的其中一人

就把話傳到現任里長耳中了，傳成市府準備要以「免費傳真機」來收攏一些里長參選人，而偏偏現任里長雖為無黨籍，但平日卻以民基黨議員為主要配合管道。所以話一下以就傳成了「市長準備補助宮廟申請傳真機，以反制不配合的里長。」事後張程鈞才知道是中間傳話者本身就是地方的幫閒人士，話的可信度本來就低，所以現任里長才會打電話到市長室求證。

所幸，因為市長選情很明顯，加上市府有心在非國立黨的里長們身上下功夫，對於里長的基本背景有所掌握，家庭狀況，地方關係則由「九一辦公室」補充，所以這次僅一通說明電話就解決了。

類似的情況，在在說明了地方人士的言談中是如何的暗藏機鋒，一點的波瀾即可起大風波。而唯一不變的法則，多數的地方政治人物係屬錦上添花，而善於「見影生子」，這些流言亂語確實沒太多意義，但這就是地方基層政治工作者的

日常。因為，若沒有正確以及有意義的資訊去進
入他們的訊息流通系統，就無法打入這片被這些
地方頭人影響的票區。但可喜的是，這樣的票
源，在都會區比例不高。

　　這些人離開都會區就是所謂的「椿腳」，要
靠「動員費」驅動，成為買票文化的通路。若真
要杜絕這種文化，並非消滅「椿腳」就能成功，
因為人與人勢必相連相結，所謂「物以類聚，人
以群分」，真正要面對這種次文化，必須提出另
種供給需求模式以取代這種僅靠資源的模式。對
既存通路不予善用，必然會有其他人使用，其差
別就只剩下效果好壞而已。

　　張程鈞的「田野」經驗，選擇坦然面對這樣
的通路和次文化，改以不同的方式，以合法且有
深度和更具民主意義的方式來推動自己所輔選的
人當選，比排斥和拒絕互動更有意義。這次贏面
大且又願意放手給張程鈞這批年輕人去嘗試「組
織工作科學化」的選戰經驗，讓張程鈞深感幸

運，一方面接觸了所謂傳統選戰的組織票源「通路」，且發展出善用與改良的運作思維，不流於對抗或受脅迫的兩種極端做法，另一方面用科學可複製的方式打造出一種科學代組織動員的系統，而這種可比喻為「梳理」支持者，並建立新通路的做法，遠比無法精準投放分類文宣的一般廣告通路好，也比較散彈打鳥的傳統影音廣告有效，若再強化訊息回饋機制，甚至可以做到互動式的效果評估。

二〇〇二年的台北市長選舉，在整體政治氛圍不利於民基黨下，勝的毫無懸念，張程鈞也因而有機會將組織工作及一些策略想法做了些許的實踐，印證了先前在校園中從事公共服務的想法，也就是「待人以誠、治事以信、建置通路、精準傳遞」。

若將選舉事務重新分工，張程鈞想過應分成三大事務群：候選人事務群、通路事務群以及文宣事務群。候選人事務包含經費與行程等皆由該

群運作，傳統的組織動員志工等由通路事務群負責。各類文宣製作和託播的管道則統一由文宣事務群處置。其中傳統的政策、募款甚至一些機動專案，則歸候選人事務群，因為這些事物都應經候選人了解和同意，甚至由候選人主導。

文宣和通路事務的運作，則可委外或結合政黨運作。張程鈞在這次輔選過程中發現在找動員點及文宣點上，有種隱然碰觸到社會政治和文化層面的深層關係，似乎什麼文化背景的人較有什麼政治傾向，以及什麼樣的社會階層所形塑的文化涵養，又會回到文化背景和政治傾向的關聯上。不過，張程鈞認為與其去將得票數分解成社會及文化因素，還不如將選民投票行為，透過與得票數的關聯分析，更得以了解這個區域選民的偏好。

相對的得票數因候選人而決定，並是實際參選過程中所得到的成績，而候選人決定後，其可能得票最大值即已定，所有的參選過程也就僅是

將這些可能的票催出來。若能清楚知曉其票來自什麼區域，什麼文化背景，前者要找出接觸的通路，後者應要傳達妥適的訊息內容，兩者都是用以確保將可能最大得票數能夠被催出來。這些思維使得張程鈞想更近一步學習如何做出選區特性，描述出特定政治勢力的政治版圖。

在台灣地區選期尚未整合前，幾乎年年有選舉，中央層級有總統、立法委員。地方直轄市又和縣市分開，而鄉鎮市長和村里長又分開，縣市議員又與鄉鎮市民代表也不同。也因此一直有整併選舉的意見，但對張程鈞而言，一旦整併選舉會使得各級選舉和投票變數混亂，更難以單純化分析。例如，村里長選舉的投票者，和縣市長的投票者是否完全重疊？之所以不同，在於哪一種社會層面的組成不同？甚至是文化背景所造成？

一般而言，未整併前村里長投票率比縣市長低，但會投村里長的人不一定會去投票給縣市長。以都會區為例，許多里長選舉投票率不滿四

成，市長選舉投票率約六成。而村里長選舉時的投票者多以各候選人的親友和社會系統為主，鮮有因理念而來的意識形態選民，而縣市長選舉的投票者中遠比村里長選舉的投票者多了意識形態選民，但里長選舉中投票的人又不可能都會出來投市長選票，這些人是因社會連結的空隙而未投票，這當中各自的比例為何？雖然合併選舉後這些人都混雜在一塊，為了瞭解選民投票行為，張程鈞仍想試著找出一個各類選舉與選民投票的結構關係。張程鈞此時意識到自己理工背景的思考有助分析這些事物，但因不是社會科學出生，也沒有做過政治學中選舉研究和政黨政治的學習，仍欠缺系統性的思考。因此張程鈞認真的思考該補強這塊的知能。

03　放眼全國　參與組織總統大選

　　台北市長選舉勝選後，張程鈞再次被林教授找去協助辦理學生幹部訓練的營隊，這段期間沒多少空擋可讓張程鈞沈澱，馬上就開始帶著自校園招訓來的幹部，展開全省一百六十一所大專院校的拜訪，並接觸各學校學務處、課外活動組以及學生活動中心或學生會。一方面安排馬先生演講，另一方面布建全國性的校園連結工作，這在張程鈞心中是很重要的基礎工作，因為人才是中興之本，一個國家重要政黨或政治人物，不去與青年人互動進而爭取認同是會讓國家沒有未來可言的。

　　因為年輕人將失去比較的機會，不注重年輕人參與者將失去活力和延續力，而整個國立黨在二〇〇二年後，仍持續拓展學生共同體驗民主政治理念的政治人物，只剩下馬先生的團隊。很自然地，對剛滿三十的張程鈞而言，此時的他正進

入這個將興起浪頭的團隊,是幸運的。

　　張程鈞觀察民基黨執政和國立黨意圖重新拿回執政權的作為,發現了兩種各自相反的路徑。民基黨原以清廉勤政對比黎先生主政期間引入黑金派系共治結構,但在執政後卻有派系化和分贓化的趨勢;反之,國立黨原以對抗共黨極權專政捍衛民主,進行政治改革鞏固中華民國主權的溫和立場,以對比民基黨的激進台獨反中的暴力形象,但在野後轉為親中被醜化為擁抱曾經敵對的中共政權,使得捍衛民主的代表性日減,進而被攻擊為賣台者。

　　這兩種立場倒置,張程鈞發現著實地影響了許多經過小江總統主政期間人民的支持傾向。走過一九七〇年代的人民,認同民主清廉的政府,內政上的穩定清廉是基本的要求,而在戰爭平息後,和平與民主體制在台灣則成為理所當然的生活條件。兩岸未經戰爭超過五十年,而真正受到戰火洗禮的長輩多以逝去,二〇〇四年的大選

前，雖然藍軍整合，但在檯面上的主政者仍是黎總統當權時期的各方要員，張程鈞質疑這能否去除人民「舊瓶裝新酒」的疑慮？另外，民基黨大量吸收政府資源，藉此吸納地方派系系統，正埋下未來貪腐的基因，雖如「飲鴆止渴」，但仍顯示出短期止渴之效。這些派系的吸納也是民基黨操盤手所說要「割喉割到斷」策略一部分。

很快地，二〇〇四年前各方政治力量開始集結，而身為藍軍新諸侯的馬先生則受到國立黨中央的要求，擔任了二〇〇四年總統副總統參選聯盟的總幹事，開始進行全國輔選行程。張程鈞被編組進入台北市競選總部，同時也被編入全國競選總部，主責事務為青年和參與總幹事輔選行程小組。全國總部的部分主要是提報和執行一份「校園開講」的「進校園，開票源」專案計畫，安排智庫政務官級的成員，到中部以北的大專院校講述政見，因為這些人都是國政白皮書的編寫人員。

在此之前，全國各大校園已在張程鈞的布建下安排演講的聯繫接頭人員，並且於所發布的政見中針對年輕人的喜好撈出十項政策混編成男女各一套Ｑ版的「青年政策」白皮書小冊，利用進校園演講時同步發放，短短二個月內辦理近三百場，共約二萬人次，共發出約二十萬份文宣小冊。在民調上也確實發現在二十～二十九歲支持度上有所增加，是競選系統中唯一有系統性針對首投族經營的工作組。由於馬總幹事擁有超人體力，所規劃的瘋狂輔選行程，則是配合各縣市黨部提出的邀約，進行聯絡和安排，雖未全面隨行。但也因此大量認識和了解國立黨這種龐大機器在縣市與鄉鎮層級實際運作情況。

在歷經兩大陣營各種造勢、催票等大型活動的辦理，二〇〇四年總統大選空前的緊張，如此緊繃情勢下，選前的「兩顆子彈」則成了國立黨敗選的理由之一。但張程鈞認為，「兩顆子彈」只是一個民基黨有效的催票作為，反過來看國立黨有些人自認勝券在握，甚至有些人已經相互以

院長、部長相稱，完全沒有「危機感」，讓張程鈞再次驗證沒有危機感的團隊，離失敗往往僅半步之遙，若再加上不能靈活處理危機，幾乎等於搭上敗選的直達車。

張程鈞看待這次「間接」或較類似「人力派遣」式的輔選經驗，一方面是驗證了校園的通路建置有效性，另一方面則是較深入的和國立黨的黨部系統共事和互動，也加強了張程鈞在全國各國立黨地方黨部的能見度。對於隨後的驗票和抗爭活動，張程鈞以回歸訓練工作等為由，未再參與。這些事後作為，在對手執政下，難以遂行其目的，只是發洩情緒而已。

張程鈞在二〇〇二年市長選舉期間所合作的幾位來自校園的夥伴，大多進入研究所，少數則準備進入社會，張程鈞對他們有些安排，有的推薦進入議員或立委辦公室，有的自行找了自己想發揮的場域，而張程鈞和一些黨內的青年幹部有了較多互動後，開始認真思考這些黨工和政治工

作者的人生地圖。有人自嘲黨工是獨立於三百六
十行外，有軍公教的性質，但沒有他們的發展可
能。另一些比較熱心的成員自稱為職業革命家，
這有自清末民初穿越而來的味道。

　　張程鈞倒是認為民主政治的時代，以選舉活
動取代了流血革命以達成政權轉換的功能，這些
專職操辦選戰者，應有另一種人生路徑，要什麼
樣的準備和訓練，而且未來的發展應不僅是參與
選舉一途，邁向具有挑戰性的商場也可。也就是
「幕僚」的定位，不僅限於政治環境中，也能轉
戰到商場中。但當中應具備的職場能力，在組
織、文宣、策略等應有皆一定的水準。張程鈞和
幾位朋友聊過類似的話題，但他們分兩種態度，
其中具黨工身分者較為悲觀，認為黨工已被污名
化，直接轉換到業務性的工作如保險或房仲業比
較實際，而非黨工的夥伴則顯得熱切許多，較易
朝公關公司任職方向去思考，張程鈞則認為應將
選舉的參與專業化，以提升民主品質並在選戰上
運用各式通路，一方面可減少不必要的浪費，二

來更可以使政治工作者有較獨立不受利益團體不當的牽制。張程鈞一直抱持著自己會想到，別人也一定會想到，也許有很多人有類似的想法，只不過誰有機會和資源在對的時機完成。

二〇〇四年總統大選後，泛藍陣營裡有許多參與的人陷入了一場集體焦慮，又進入集體療傷的過程。

張程鈞遇到一位勞資管理的前輩，主動邀約張程鈞一同投入人力資源業，也是張程鈞曾做過的勞動力規劃。民基黨執政為要求雇主照顧勞工強制提撥勞工退休金，通過了勞退新制修法，雇主需撥付「薪資」六％進勞工退休金專戶，但中間出現了一些漏洞，包含沒考量到一些低底薪高獎金的業別，如美容美髮業和一些行銷業務員。張程鈞的主要服務的政治系統，在二〇〇四年選後一時之間沒有明確的計畫，張程鈞就去和這位前輩做起了勞務管理和薪資規劃的工作，他做了一個試算程式，展示如何調整受雇者的薪資結

構，讓勞資雙方都可以自主又合法的進行薪資結
構規劃。在張程鈞開始投入沒多久，變動再次來
襲。

04　主席選舉　建立自己的部隊

「程鈞，馬要我向你提出邀請，幫他選主席。」來電的是一位帝大政治系的老師，是馬先生的政治幕僚，也是馬先生的好朋友。一個多月後，張程鈞回到輔選工作中，但這次是封閉式的政黨黨主席選舉。

由於國立黨有登記的黨員近百萬人，且當時黨內的氛圍是上層結構非常保守，多數高層希望借重與各地方政治人物相熟，有政商關係者來擔起國立黨的責任，延續過去的運作模式，主要以協商協調為主，避免公開透明後造成的困擾。

這並沒有對錯，但是當時的國立黨支持者普遍急於改變，不滿過去黨內的宮廷政治，尤其是黨內中層政治幹部，特別有感。因黨內論資排輩的文化下，作勞賣苦有份，而登高上位無緣，他們自然對傳統國立黨政治模式產生不滿。

而馬先生的參選決定，使得基層幹部和泛藍支持者看到改革希望，尤其是基層更是狂熱如火。支持者成群結隊，甚至許多的老黨員都回來了，這個現象證明了二○○四年大選的結果並非是「兩顆子彈」造成的，而是國立黨未能足夠催出這些失望者投票意願的力量。

　　張程鈞在未進黨主席競選系統前，先提報了一份計畫，是為了因應國立黨內選舉的要求，籌備連署所擬的整體構想。參選國立黨主席的連署要求比一般投票嚴格與複雜許多，且當時各級黨部皆嚴守中立不提供黨員資料，更增加了運作上的難度，初期競選團隊連合格黨員在哪裡都不知道。而團隊中真正有黨務經驗者甚少，雖有私下聯絡部分黨務幹部，加上以市府各局處首長先組成的各縣市聯絡人系統，但人手還是嚴重不足。

　　張程鈞協助南投、嘉義、高雄和屏東的聯絡工作，南下收連署書並與各縣市的連署負責人互動。但其實只有南投的立委、嘉義縣市分散於幾

位議員和里長，高雄、屏東則是幾位年輕議員為主要協助者，至於其他縣市聯絡人的回收工作，許多是要求地方協助者寄回的方式，如張程鈞這樣親取的並不多見。

在張程鈞的計畫中，有一件以監票為名，實為建置親兵型黨內幹部的計畫，整個計畫是以地方青壯民代和青工幹部為聯絡主體，這些人多數希望在黨內更上一層樓，但現況是被地方老派黨工或資深政治幹部所鉗制，而既得利益者又多支持有派系背景的參選人。國立黨內原來就存在這兩個系統的爭執，在這次的選戰中被徹底激化。

張程鈞的計畫只是點燃這火藥庫。很快地，少部分現任議員和許多想選議員的鄉鎮市代表和青工幹部集結出一群監票幹部，經全國分梯的監票作業說明會，張程鈞在全國五百個票箱共布建了二千五百人的監票隊伍，連同尋票源、回報規定和各區機動窗口，編成一本工作手冊供全國的監票人員使用。當時，一位辭掉黨職來競選總部

幫忙的資深高層曾說道:「張程鈞是有部隊的
人。」

　　一場又一場的說明會,兩位代表國立黨內兩
組不同發展路線的人馬開始相爭,愈打則火氣愈
大。一則由馬陣營傳出這是場對抗黑金路線的文
宣戳破了薄如紙般的信任關係,部分基層也傳出
認為這是破壞黨內團結的行為,一時間造成馬陣
營的頓挫。對方反利用這波不當文宣,打出哀兵
牌,在投票前的幾場大造勢,皆看得到地方派系
型人馬全面動員的力道。

　　張程鈞快速將各地監票幹部的觀察回報,並
發現一些穿梭兩陣營中的立委開始加大和對手陣
營的合作動作。為此,競選團隊臨時決定在投票
前二日,於投票所外製作和綁上改革訴求的布
條,並且在所有監票和巡查幹部身上,都套上紅
布條以明立場,有不掛的都回報紀錄。

　　在哀兵與改革的對立激化下,這場選舉的投

票數遠超過原本的估計，各地皆傳出選票不夠以及認證投票身分的困難等問題。但由張程鈞自行規劃運作的催票和最後的開票回報系統，勝利已可預期。最後馬先生以七比三的得票比例取得了國立黨未來主席的責任。

這段期間，團隊完全沒顯露出勝驕的氣息，反而一直打出與不同以往的風格，讓基層有不一樣的感受。張程鈞在這次的黨內選舉，使團隊具備了組織力量。

在有黨務經驗的人眼中，張程鈞是個非常有想法的組織型輔選人才，而在非黨務人員眼中，張程鈞反而像是黨務出身，尤其是不太認識他的市府局處首長，開始還以為張程鈞就是黨工。當初聯絡張程鈞回來輔選黨主席的教授，倒是給了張程鈞很高的評價，因為張程鈞在工作前會先提出計畫，包含了原因理由和目標，也會評估出人力需求和經費，這些是張程鈞將專案管理的作業模式應用於選戰上來運作。

黨務工作是張程鈞從未想過的選項，而當新任秘書長向張程鈞提出邀請到黨內幫忙的意見時，張程鈞非常猶豫。讓張程鈞決定進黨內幫忙的主因，是市長室的李秘書。李秘書約張程鈞深談道：「未來市長很需要和地方有互動經驗的人，而且最好不要有老黨工那種氣息，程鈞你一樣在弄組織，但做的都有模有樣，也應用科學分析在組織上。我自己當年是公關公司安排輔選市長的，打完選戰市長先找我進新聞處，之後才進市長室，主要也是我能幫市長做有議題亮點的行程，規劃和一般公務人員不同。所以，幫他，到黨部去吧！」

　　看著這位和自己年紀相仿的女性，眼中露出的光芒是充滿自信的人特有的，張程鈞心中不免有所動搖。

　　不久後，張程鈞也確實提起了意願，也回答了新秘書長願意進黨部。在等待黨部人事作業的期間，張程鈞再次重新看了一次國父在「主義」

一書中的演講稿，以及墨家的思想。對於墨家在春秋戰國期間，對其在當時中國各國之間的行為，有俠士之風且具有高尚的道德，更動人的是雖是以武止武，且不以侵略佔領為手段，讓張程鈞再次興起了打造現代墨者的概念。

所謂「現代墨者」，就是民主時代的選戰專業人士，在美國等西方國家民主體制下，選舉已成了一種學問，也是一種產業，有所謂的選戰規劃或選舉策略顧問的職業，而當一種職業做到極致，稱為「大師」，也就是「選舉策略師」。

台灣民主化以來，二十年選舉多不勝數，學術上雖有些選舉研究，但在各政黨中能本著人民和政治責任而做的選舉行為並不可見，反而充斥的是各種算計，甚至是欺騙。

張程鈞覺得要優化整個選舉民主素質，必須在參選者有自覺，且選民也認同的情況下才可能改善。而墨家的「兼愛、非攻」，近乎傻子般的

奉獻及俠士的風範,若能將現代民主選舉和墨者
精神結合,打造現代墨者─選舉策略師,張程鈞
覺得是一件非常有意義的事。

05 為黨續命　打造黨內青年團

在國立黨這百年老店，號稱千億資產的政黨中，張程鈞看到了八個字：「有體無魂、年老色衰」。為了幫忙重建政黨的體質，張程鈞以主席辦公室秘書兼青年部副主任的職稱，在辦公室主任的安排下，辦理國立黨的青年團組建工作。自經費、組織架構和典章制度來著手，幾乎將所有二○○五年國立黨年輕一輩的幹部都網羅進籌備工作中。

組織、法務、財務以及論述各組共約百人的工作群分次開會，由建立論述強調青年團即為國立黨的預備隊起步，介於救國團和青工會兩種屬性間，在社會、校園和地方鄉鎮市區行政區進行發展，強調由下而上的組成方式，以三十人為一成立單位設立分團，以分團為基礎單位，大專校園和縣市行政區設立支團。

而全國設立總團。分團設有分團長，由團員自行推舉，支團設支團長，由所轄分團互推一名分團長擔任，選舉方式以分團為單位之選舉人團方式投票產生，總團長處理方式同支團長，但是由全國各分團投票產生。為了培訓青年並參與黨務系統，每年改選支團長和總團長，當選的總團長兼任黨的青年副主席，支團長兼縣市黨部副主委，主要的目的在於使黨的年輕幹部得透過這個系統參與黨的任務，使具有實務經驗。

但因為青年幹部本身在各縣市本身就是重要的志工人力，故受到部分基層黨部反彈，認為中央要將地方黨部虛化分權。原本的青工系統也有所反彈，有被奪權的感覺。且因青年團的團員中並非都必須是黨員，所繳團費可抵黨費，也就等於具黨員身分者都免繳黨費，青年團多了非黨員的團費可運用，這使中央財務單位有被分產的感受。但對張程鈞而言，如何善用國立黨這個腐朽不堪的結構，盡快建制出一個可運作具戰力的系統，更為重要。

若青年系統可有效運作，將可改善國立黨的「年老色衰」問題，這也是張程鈞所用心之處。除了這一部分的用心和執行，張程鈞亦準備了一個重頭戲，選舉第一屆總團長和各縣市之團長，以各縣市分次的走秀模式，加上電視辯論的電話 call in 投票，以及網路投票，決定最終結果。

　　在民基黨總統剛連任，國立黨敗選氛圍中，青年團的成立有效的掀起一陣青年加入國立黨的風潮。

　　好景不常，民基黨立法，要國立黨退出校園和媒體，更以查帳的方式追查國立黨資金。二〇〇五年馬先生接手國立黨時，馬上遇到的是現金流不足，而黨產處理又受到民基黨的刁難，沒有企業願意涉入。過去的黨國體制下，國立黨長期成為政府的一部分，一些不便由政府或政府無法令依據但又需要推動的事，即由當時的統治者交付國立黨運作辦理，例如早年的職業介紹和訓練，即為早期並無勞動部門，故未立法成立前的

這些業務成了國立黨基層重要工作，而對大陸敵後的工作，更是由國立黨以黨名義運作，實際上做的都是政府的敵後情報作業。許多長輩仍記得早年各鄉鎮的民眾服務站幾乎就是現在所謂的單一窗口，可以辦駕照考試、申請獎學金、有糾紛時的調解委員會功能、對清寒者而言還有冬令救濟，以及安排到醫院就診的看病專車，或安排軍醫院到偏鄉做醫療巡迴工作等，這些都是早期國立黨在所謂的黨國體制下分擔政府功能，並不是貪國家之便行貪腐之能事所做的事，以現在的觀點來看，比較接近勞務委外，也就是政府人力不足，或專業不夠時，將相關業務「外包」給民間執行。

張程鈞因為接下黨務工作，更有機會了解國立黨在政府遷台之後的作為，例如將大陸重要物資和文物先以政黨力量遷台，將黨內負責情報治安工作整個單位交給沒人沒錢的中央政府以便國家治理，擺脫共諜陰影。將日本留下無法使用的全台廣播器具修復，無法修復的部分就提供由大

陸渡台的人員技術及設備，擔負起政府對人民重要廣播工作，而政府無經費支應下，政府以所接收相關日產作為代價，彷如現在的「公辦民營」一般。

凡此種種若全負面解讀成國庫通黨庫，國立黨侵佔國家資產，甚至連國立黨受人民捐助所建置的地方黨部也被定位成不樂之捐。若以結果論之，台灣地區在國立黨所擔起對抗共黨攻擊的年代，以及穩定政局建設台灣發展民生的作為，實有貢獻著無庸議。

古今中外都一樣，「樹大有枯枝，人多有白癡」，些許不良的黨務人員利用國立黨當年一黨專政的影響力，行一些狗屁倒灶之行徑，自不可能沒有。尤其在小江總統逝世後，黎總統為快速掌握國立黨的黨機器，引入地方派系，黑金勢力等飲鴆止渴的作為，將民眾對國立黨的廉能記憶一掃而空。到了民主選舉時代，又大量使用錢財，不但讓國立黨早年因協助和支持政府的一些

投資，被轉成救助恩庇侍從下的不良企業呆帳，
甚者大玩金錢遊戲、五鬼搬運，使得社會觀感愈
來愈差。

　　張程鈞為建立自己對政黨政治的看法和論
述，看了些政黨制度相關著作，如義大利政治
學者薩托里（Satori）、美國的安東尼·唐斯
（Anthony Downs）和一些國內政治叢書，認
為台灣的政黨政治是以二元激化為基礎，且因周
邊多角的地緣政治關係，加上台灣特有的殖民經
驗，及長期面臨國家分裂的狀態，這種獨一無二
的國家情勢，沒有前例可參考，也沒有其他同期
案例可解，向歷史找答案也好，向其他國家找解
方也罷，都不如自己以當下找答案實在。張程鈞
自始認為，既然有機會參與到政黨的重要工作，
而且又在如此具歷史意義的時機，真該好好思考
這些問題。

06 操盤行程　開展全國視野

　　但往往愈想做什麼，上天卻安排了另一條路。二〇〇六年三二九青年節張程鈞完成了團隊交付的任務後，很快就被二〇〇六年台北市長選舉借調擔任政策組長，成了馬市府團隊和參選團隊的對接窗口。他提出了一些銜接性的政策，以及打造水岸城市，獎勵容積率的建議等，這使得張程鈞對市政的了解由「路平、燈亮、水溝通」的層次提升到中長程的都市發展層次。

　　在當時政治氣氛下，國立黨提名的市長參選人毫無懸念下勝出。選舉過後張程鈞彷如選舉派遣人力一般，再回到黨內主席辦公室，協助主席下鄉行程。沒想到，隔年過年，張程鈞又失業了！

　　馬先生決定辭掉黨主席競選下一任總統！原本以為可以好好過年假的張程鈞，年初二接到要

他初四回台北開會的電話,就此展開了長達一年且全年無休的旅程,至此張程鈞參與二〇〇八總統大選,負責隨行和行程安排。

二〇〇七年農曆年後,僅五個人的小組開始提報各單位的預計人選,接著先組成具備基本功能的辦公室,工作是對外新聞聯繫和行程安排為主,張程鈞正式捲進了台灣地區政黨再輪替的歷史巨輪。

張程鈞最熟的是地方聯絡,配合原市長辦公室李秘書的主題式行程,雙方合作開始著手規劃。整體策略來看,戰略是要在已凝聚的藍營基礎上,向中間及中間偏綠的票源來開發。兼顧固本與突破的戰略下,戰術則由票源弱勢區到強勢區,最後結合立委輔選行程,以及二〇〇八年選前的全國祈福「百寺千廟」行程,客製化候選人行程,分梯規劃以強化候選人與各階層互動的經驗和媒體公眾印象,並隨時注意候選人接受及吸收的能力。

在馬先生因特別費起訴辭黨主席後，一直在自家住宅未有公開行程。第一個公開行程，經再三評估後，決定於二二八紀念日，到南部出席紀念活動，一方面規劃鐵馬行程，一方面先針對台灣西部沿海這些較深綠的區域掃過一輪。五月一日展開自鵝鑾鼻燈塔出發，以西部縱橫公路為主的鐵馬行程，一路上除公關公司規劃的定點行程外，路途上在行前有遇到農民如芒果農、地瓜農以及一些很常見的路邊小店，例如檳榔攤、批西瓜的小貨車等這些真正努力打拼討生活的人們，張程鈞會在取得當事人同意下，讓車隊小歇。

其中在南台灣一處，因一早開騎進度超前，先到一間路旁的小宮廟用洗手間，大隊人馬出來後，在旁見到一位老人家，布滿皺紋及黝黑的臉上，很淡然的看著大家。張程鈞立刻前往攀談，原來是個繁殖「鱉蛋」的農家，和南台灣路上多數人不同的是，他很大方的同意和張程鈞的老闆互動，簡單談幾句後，這位農家對馬先生說道：「你若真心要為人民做事，就不要只是到處走走

而已，要真正了解我們的問題和期待，只聽那些
學者官員的，是沒辦法打動多數人的，我相信你
會當選，祝福你。」

老闆默默點點頭，誠懇地和手上布滿沙土的
農家握了握手，全隊再度準備啟程。張程鈞此時
開始深深了解，多數有心的人民已在觀察。他們
在看，這些政治人物哪位是真正和人民站在一
起，不是作秀也不是利用，更不會以炒作社會對
立方式切割人民。而張程鈞最直接想到的，是小
江總統當年打造的最佳典範，他老人家能和一般
人民打成一片，對一些惡質官僚、財團和政客的
痛恨，所作所為是一般民眾所期待，因此，如何
在媒體時代做好這樣的「政治養成」？張程鈞開
始動腦。

一路由南向北，張程鈞在行政車上協調各地
方配合點的集結，以及路線安全的申請和掌握，
隊伍中因自行車技術上的車隊領隊本身相當專
業，在體力和車速上由其掌握，而沿路的議題和

行駐點，則由隨隊的幾位老師提供意見，由張程鈞通知車隊和前導及隨行車隊配合。一路由恆春半島往北，經屏東高雄、台南嘉義、雲林彰化、台中苗栗到桃園雙北的富貴角燈塔，最後一段，老闆更直接扛起二十餘公斤的自行車，走到終點，這個舉動，讓全隊人知道十天的鐵馬行程，已讓馬先生恢復信心，而且也點燃了支持者的熱情。

沿路的加油和自發性的互動，讓團隊急速的加快運轉，尤其是多位政黨輪替前在政府服務的技術官僚，開始加入團隊。由於馬先生本人力行「推銷員主義」，用高強度的行程，以直銷的方式讓自己和選民做最大的接觸，因此以候選人為主題的「行動辦公室」的功能，也在長達十天的鐵馬行程中成形。

原先張程鈞和李秘書對整個行程系統的運作，是否有辦法長達十天都不回辦公室，有所擔心。因為馬先生每日行程資料要前兩天完成交

付，以供準備，而這些資料包含行程點的人事物背景資料、談參文稿、流程、穿著與特別注意事項。這些幕僚準備工作，分為初步規劃、原則性初稿、報告文案及最後定稿四個階段。

初步規劃包含了階段性戰略和戰術性的規劃，是以「週」為單位，每日修為初稿，每日分為上午、下午和晚上三個時段；第二階段的原則性初稿則要將每日三個時段的行程名稱、地點和時間長短提出，並提報各行程規劃之目的和理由；第三階段的報告文案則是將初稿的目的和理由拿掉，總部會議上提報，一些敏感性行程以「保留」列出外，大致分為公開和不公開兩類，供各單位提供意見。會議由總幹事主持，候選人出席，最後定稿為出門前一週，要詳細向候選人報告各行程的內容，包含文稿準備人選和行程穿著、注意事項和需要安排人員等。

這四個事前的工作，每次的討論，候選人都要參與。而張程鈞和李秘書將整個流程分工為

內外，前後以及修改機制之三個面向。其中，「內」是不隨行的人要負責文書繕打和整理，「外」是隨行組要提供各項資料和照表操課的執行。前後的「前」是行前的勘查和現場的回報，「後」則是有責任要將文稿等資料備出。修改機制則是現場優先由隨行秘書和候選人確認為主，辦公室總幹事和李秘書為輔。

簡單說來，就是候選人和總幹事充分了解和授權下，張程鈞和李秘書可決定候選人的行動，當時幕僚中有兩則笑話，不論候選人心情如何，看到隨行攝影官都得微笑，以及不管候選人想不想走，看到隨行秘書劃圈，都得離場，顯示了張程鈞參與的深度，顯見其作業規劃受到肯定。

二〇〇七年五月下旬至七月，安排了產業學習之旅，由熟悉工業區和產業界的前任官員安排。七月十一日起，受到全國矚目的長住行程「Long stay」或「Home stay」正式啟動。

最早提出要拉長外地行程，並在外過夜的是一位有科技背景的前任官員，張程鈞對此很支持，但李秘書卻很擔心。所幸，最後依照幕僚作業能量，以兩個月為一段的方式展開規劃，並且將議題、地方拜訪融入。

　　龐大的媒體群和國安人員的進駐，使得負責隨行的張程鈞壓力甚大，加上協調一個行程要推掉三到五個行程，因此張程鈞以先到各地做行程規劃說明，並由行前小組場勘時就定下行程的大原則，減少出發前夕行程異動的情況。行程規劃在擷取了二〇〇〇年和二〇〇四年的經驗，一方面不能讓候選人被地方政治人物綁架，也不能讓地方黨部組織網脫節；另一方面，可以在規劃議題點時，由地方提出在既有方向上，是否有合適的人事物可供參考，例如在安排「一日果農」時，即由地方推薦幾組人家，經背景了解，以較無黨務幹部身分，在地農業技術和有公益行為者優先考量。

由中彰投、雲嘉南、高屏繞至台東花蓮和宜蘭，再由桃竹苗最後北北基宜，另外金門連江和澎湖也都有安排。其中，台東蘭嶼原本有半天，也有夜宿行程，但因有颱風接近，飛機不飛、船也沒開，但馬先生希望還是能安排一訪蘭嶼。張程鈞立刻向漁會請託漁船，最終還是因為天候不佳而無法啟程，故只好臨時安排馬先生先到關山、池上，而張程鈞則在台東機場等飛機，這點可以看出馬先生的毅力。全國行程安排，最後走過 368 鄉鎮市區，馬先生也因此結交近百位借宿民間友人。

　　透過長達四個月的執行，完成了全國繞一圈的行程規劃。

　　每天早上、下午、各一個議題行程，以及參訪產業界，和拜訪地方文化點，利用中午和晚上找地方人士用餐，晚上則以安排演講性活動，夜間住民宅。而一個區域必有一場區域發展論壇，最後累積成政策，作法和二○○二年市長先辦理

次分區說明會類似。由於候選人仍須返北開庭的需要，而且好幾次都是臨時通知要開庭而臨時北返，確實增加了不少困擾。

張程鈞的日子，也因為執行這些工作成了不停的陀螺，隨行兩週，即使候選人空擋時，張程鈞仍是到下個行程做行前。毫無停止的強力運轉下，張程鈞大量的累積對全國各類人事物的認識，也同步和各縣市一起組建的青年團的地方友人重新連結。

接續進入各立委的輔選行程，到市場掃街，由於馬先生喜歡紅豆餅和蔥油餅，每有這樣的商品，因時間急迫，多成掃貨對象。張程鈞陪同要注意人員和時間，每每都要找到候選人看得到或能讓隨扈可以反應的位置。馬先生的台語雖有拜師習過，但在未能很輪轉的狀況下，有時還挺好笑的。

馬先生很愛講「外國人說國語」的笑話，有

次以台語說這個笑話時，張程鈞正站在馬先生前面。馬先生這個台語發音的「外國人說台語」的笑話，真的是笑果十足，但也許是累了，張程鈞全程皺著眉聽完，這樣的表情使得馬先生愈來愈沒信心，台話竟愈說愈破。

張程鈞察覺後表情調為輕鬆自然，同時並深深的感受到，要候選人表現正常，身邊的人真的很重要。要使當事人有信心，才能正常發揮，在各項安排上，才不會得不償失。

每天多達十二個以上的行程，連續不間斷而近一年的時間裡，都成為張程鈞的磨練。張程鈞也遇到地方人士不滿的場面，有推打發洩、也有圍著要說明的，但在馬先生的堅持下，仍持續幫一位曾對馬先生雪中送炭的南部立委參選人，多次陪同拜票掃街，在外界不看好的情況下硬是取得了勝選。

從農曆年間的全國百廟祈福，到選前全國車

隊掃街，張程鈞在投票日得到最豐富的收穫。二
○○八年總統大選，馬先生以大勝告終。

現代墨者

第三章 }
墨者終局

01　遊俠人生　南下查案

　　日頭烈烈，張程鈞南下找資料，和助理老怪住在公司租的老公寓中，尋覓情資超過一個月了，透過幾位在地議員助理的幫忙，很快了開始了老闆交代的工作。張程鈞開始進行二○二四年總統大選的議題操作，要找出對方陣營的軟肋，尤其是這位挑戰自己雇主的人，原本就來自南部，之前還當選過兩任立委。只不過在二○二○年時，對民基黨前景看壞，跑到中國大陸當台商去了。以民基黨的特性，這種「跳船」的政治人物，很難再回到政壇混口飯吃了。

　　張程鈞忙了一早的探訪後。老怪說道：「快中午了，咱要不先找東西吃吧？」老怪是道地的地頭蛇，到工時間也好幾年了，之前在國立黨地方黨部工作，現在暫時住的老公寓還是之前老怪在國立黨幾年前，拍賣財產時的黨產呢。也因為這次工作要做的議題對象，就是老怪前老闆的政

治對手，所以也算是有緣。

　　這位方信德是由選舉起家的，別看他現在都六十多歲了，外表雖不稱得上是美男子，但也算是有型了。張程鈞在選舉策略公關界也打滾了快三十年，從台灣第一次政黨輪替，到再輪替，又再輪替，連國立黨被民基黨以強勢手段處理黨產的過程，張程鈞也見證這當年名為「轉型正義」、實為清算鬥爭的一刻，資歷見識雖稱不上業界第一，但也排得上名了。

　　張程鈞習慣性的甩了甩手，那是他以前戴手錶時養成的習慣，後來很多人用了掌式顯示器代替了手機手錶等用品，但張程鈞還是戴了一只石英錶，很多人以這點消遣他是個「老古板」。

　　「老怪，看看上次吃過的那家滷肉飯吧？」打從張程鈞下南部找資料後，就習慣性的找幾種台灣常見的「台式速食」以解決五臟廟之需，像是炒飯、水餃、滷肉飯。依他的說法，這三種分

別是台灣三大族群的常民飲食，水餃是中國大陸北方，炒飯則是南方包含台灣的早期常食，而滷肉飯則算得上是真正的台式名點了，這種美食在台灣由南到北，翻過中央山脈都找得到。

張程鈞一面想著上回吃的滷肉飯配切片香腸和鮮魚味增湯，不禁吞了一口唾液，腦子繼續分析著方信德這個人的情況。很明顯的，方信德具備早期綠營地方人物的特質，反應快、勤快、接地氣。

但四年前卻突然消失，出現在兩岸的商界中，如今卻以一個傳教士的氣質，重新出現，稱霸政壇。他在一年中，快速以「安全西進、自治共榮」為主論述，貼近了首投族以及五十五歲以上的一代人，他們經歷過馬先生時代兩岸相對和平所帶來的安定感，導致這些人對方信德有一股莫名的期待。

過去幾年來，在台灣生活的人們清楚問題之

所在，就是自民基黨執政後，擁抱台獨路線，使得兩岸關係一直陷入冰點，加上中國大陸的惠台政策，造就一批又一批用腳投票人的，累積近十年，雖然去大陸生活的人多數在台灣保有戶籍，但早已正式超過八百萬人常態性的留在對岸，若加上因商務往返兩地者，則早已超過千萬人。

所以這幾年民基黨一直借運用行政權，操作投票日期，讓前次總統大選投票日刻意和農曆春節拉開，使投票率只有五十％出頭，僅不到一千萬的投票數。而民基黨長年以「反中去核」建立的基本群眾，大約四百多萬，加上執政後收編自國立黨地方派系約八十萬票，故二○○四年及二○二○年兩次爭取連任都以五十％多一點的得票率中勝選，尤其是上次二○二○年僅贏了不到二萬票。

回想至此，老怪也在旁看出張程鈞分神了，因為車已經到了這間生意興隆的無名路邊攤旁。「老闆，到了！」老怪提醒張程鈞，而張程鈞則

是有點犯傻的自言自語道：「不知道方信德他以前有沒有來這吃過？」

張程鈞還真不是問的沒道理，因為這段期間的探訪，傳聞方信德在當立委以前，常和多位異性友人探幽訪勝，也曾和當時同為議員但不同黨的國立黨女議員出國考察，結果又傳出一段桃色糾紛，只不過如今人事已非，所謂沒圖片沒有真相啊！

老怪忙著去點菜時，張程鈞想著：「老怪這段日子以來，也算是盡心盡力，該考慮讓賈老總直接聘他，不要用每月續約的方式，反而更好使。」老怪是之前被公司股東退件的地頭蛇，沒選舉業務時，公司是不付薪資的，也就是說老怪雖然掛名公司下快十年，但一直算是「臨時工」。

張程鈞看著老怪端著吃的回來，先扒了兩口飯。咕噥的問：「老怪，你之前在國立黨地方黨

部待多久？」老怪一臉平淡的說：「超過二十年了，但因為二〇一六年民基黨再執政後，凍結國立黨黨產，弄的我們全都被退休了。」他又叨念著：「當時也不是沒有辦法，本來還想著當時的國立黨中央端出政策，說是要改由地方黨部主委直選，讓選上的新主委為了要拼一下，願意拿錢出來，讓我們這些在國立黨待了二十幾年的老兵，可以再拼一次。結果新主委一來馬上就換自己人。」

老怪長嘆一聲：「我過去前後也幫了五、六任地方黨部主委做事，真沒想到當年的黨中央說得好聽，用直選主委的方式，又不保障我們的工作，讓我們都去領失業救濟，想想那位海主席還真是可惡。」

張程鈞一邊聽，一邊想著當時他還在台北，被找去當時正在拼國立黨主席選舉候選人辦公室協助分析票源。當時張程鈞就明確地了解海主席清楚自己的票源在中南部，但為了防止北部票和

自主性的黨員將票集中給了當時的主席藍女士，故聽從自己幕僚的建議，要讓國立黨中那一群「生雞蛋不會、放雞屎超強」的中常委全力杯葛藍主席。

　　並為了要大力拉攏地方派系，就放出地方黨部主委直選的政見，全力營造藍主席無能又集權、不會做主席的形象，進而打造出海主席懂得放權，又能領導黨重返執政的印象。對這種玉碎瓦全的打法，張程鈞一邊回想，一邊尷尬地看著老怪，慘笑著說：「也不算錯啊！你們二〇一八年的地方選舉就選得不錯啊！」

　　老怪翻百眼說道：「誰當主席都能把二〇一八年打得好！你是選舉高手，不用我多說吧。我看海主席後來二〇二〇年總統沒打贏，就是因為私心太重，而且還是用老方法，雖然差不到二萬票，還是輸了！」的確，當年海主席二〇一八年的地方選舉，憑著當年民基黨牛總統，在年金改革及電力不足的民怨下，有所斬獲。但一年後的

總統大選，國立黨又發生協調不足，把重返執政最好的機會給丟了。

老怪看著張程鈞如風捲殘雲般，把整桌幾碟小菜吃完。正張望著老闆，很自然地說道：「不用了，我已付完了，錢由零用金扣」。張程鈞有點不好意思的說：「不是啊！我是還想再來一碗！」

就在老怪重新結帳回來時，張程鈞在車上補問道：「我是想問，你在地方黨部待了這麼久，應該也聽過一些方信德以前的事情吧？他不就是你原來那個地方的民基黨立委嗎？這一個月我要找的資料，你也大概知道方向吧？」

老怪很慎重的回道：「我知道的不見得老闆你用得上，但老闆你想找誰問，我是一定可以幫你找到。」

張程鈞看著露出神祕眼神的老怪，心中

「碰」的一聲。「對啊！老怪都是載他們的主委的，什麼地方傳聞、誰家孩子是和誰偷生、誰借了錢還沒還，這些犄角旮旯的事，他肯定知道。」

張程鈞南下前用 Google 查了一些陳年舊聞，也知道方信德是一個老紳士，在立委期間就被提過一些男女之間的破事，而且單身至今。還有一篇類似花邊報導的新聞，提到方信德對女性香水的特殊興趣，他自己對媒體說好研究香水，甚至自己還曾有點害羞的說：「搜集送朋友也好，是一種自用交友兩相宜的興趣。」

在整理這些思緒當下，老怪很自然的已經把車開往下個預計要拜訪的點。張程鈞翻了翻手邊的行程資料，順口問道：「這位地方電台台長，是你們地方黨部的副主委？」老怪說：「義務的，林台長和地方情治人員互動很好，加上是後備系統的顧問級人物，消息也多，所以就一直掛著副主委的名義了，但也消沉了好一陣子，這幾年他倒是多在中國大陸，這算是古人說的『人在

曹營心在漢』吧？」張程鈞看了看資料，林台長算是長期在地方藍營活躍份子，近年致力推動通訊投票。

　　林台長所主持的電台，算是老牌的地方電台了。他曾經參選公職，挑戰市長大位，在那個國立黨還執政並且仍戒嚴的年代，林台長違紀參選可不容於當道，但也可見是講求獨立自主的人。隨著通報我們的到訪，自屋內傳來陣陣的狗叫聲，看到一位仙風道骨的長輩走出來，若是給他穿件披風，還真有點魔法師的模樣。

　　「台長好，我是之前聯繫過要拜訪您的張程鈞，抱歉我們有些早到了。」林台長咧著嘴笑稱：「不礙事，我時間都空出來了，我大妹也在，說曾經是你的高中國文老師？」這令張程鈞著實嚇了一跳！張程鈞確實高中以前是在這唸的書，不過大學後全家北上，也沒聯絡什麼老同學，沒想到這位林台長真的消息靈通，看來所查的資料，可能有收穫也說不定。

張程鈞全然收起了原本輕鬆的態度，反而拘謹了起來，讓林台長馬上笑到：「沒什麼，總不能來找我的人，我還不認識吧？進來聊吧！」張程鈞再三琢磨，他要打聽的消息是方信德，雖然在這個地方，方林二人過去不同黨，甚至還彼此打過選戰，但現在的立場有些微妙。

　　國立黨名存實亡下，過去的泛藍組成了興國聯盟，而採取的是委員會制，採集體決策，經過這聯盟的決定，要找一位能接受他們立場，而又具有綠營淵源的人來代表參選二〇二四，雖然在聯盟中吵了一陣子，但由於超過八年未執政，加上上次二〇一八參選地方首長的又都上了年紀，藍營這邊完全是人才大斷層。另一方面，支持者的特性，標準的搭便車心態居多，要衝要打別人上，自己絕對不會冒風險，若真的受不了，大不了走人。

　　這也是為何二〇二〇年大選，民基黨雖支持度不高，可是一到投票時，票硬是比國立黨總統

候選人多個幾票，文武都比不過，造成藍營政治人才培養惡性循環，人才加速流失散落在個別小山頭中。

　　在這些考量上，張程鈞雖知道林台長可能有許多他想知道的資訊，但還是決定先去找方信德過去的戰友。由於在這些過去戰友眼中，方信德算是「背骨」，由他們口中倒是聽了不少方信德立委期間一些「地方服務」事蹟，除了常見的土地變更圖利到廢棄物處理，甚至還有最不入流的小型工程款回扣都有，但卻都沒有實證，只停留在傳聞階段。然其中傳聞最廣，有具體時間地點和人物的，還是方信德和幾位地方女性的流言。

　　張程鈞的選舉策略師之名，可不是自吹自擂出來的，張程鈞自出道後，由隨行小助理開始、到幹部訓練、政策白皮書的編輯、還有民調設計參與。完全通曉選舉技術面的各種技能，甚至為了加強訓練學理基礎，還特別唸了個政治學博士，在學術上提出了他的成名工具「選區特性

分析」。

　　透過各黨派參選人的投票分析，分別整理出
了以各鄉鎮市區層次的投票模式。在發表當時，
是首次能找出台灣地區選舉投票行為的一個模
型。最大的突破，是找到了一組參數來解構各政
黨候選人的得票數，有多少是政黨形象票，有多
少是候選人形象票，有多少是由組織所帶來的
票，又有多少政黨或候選人的形象所吸引而要靠
組織加強催出的票，有了這一組彷如選票地圖的
資料，如何布置選舉策略，錢該怎麼用，還不用
跑行程，就有了不少進展。當年馬總統有名的下
鄉長住行程，就有張程鈞的身影，這也是在選舉
公關界公開的事實。

　　就在琢磨著如何切入主題時，林台長拿起一
根早被立法嚴禁的煙卷，幽幽地點燃，吸一口吐
出長長的青煙。張程鈞察覺到，林台長正等自己
開口，而且似乎也有了要一吐長憂的樣子。

「台長，坦白說我是來向您查證一些有關方信德先生的傳聞的，您現在是興國聯盟的地方重量級人士，而方先生又是聯盟目前公推的總統候選人，我是想讓選民有清楚的訊息，不要選錯人，雖然我公司這次是拿民基黨的案子，但我對方信德並沒有任何好惡，若他真的沒有一些不好的事，我絕不會拿來用在選舉上，但若方的私德實在不行，也該早些排除，以免難得聯盟如此推出一人在選前破局而大敗，不但方信德完了，台灣也只能一直閉戶自珍，如此惡性循環到不知於胡底了！」

林台長緩緩看了張程鈞一眼，意味深長地說：「方信德確實是一位非常特別的政治人物，由綠轉藍、由政轉商，現在又由原本的台獨論述，成了聯盟期待建立「兩岸共榮，和平自治」一中兩席代言人，我只能說，我說我知道的，你做你該做的，至於結果，就看人民的決定吧！這不就是民主的真諦嗎？」

是的，張程鈞突破了這位擁有自由民主獨立靈魂的老人心防，一切都超越了那勾心鬥角的政治計算。選擇真正的相信人民，奉行言論自由以及民主價值的實踐。想想，這不正是台灣這塊自由土壤比大陸僅有一黨一言的體制更優越的地方嗎？相信人民，這是多了不起的思維啊！

　　隨著老台長的煙吐出，消逝在稍嫌窄悶的房內，一段又一段的往事，如煙般的溢出。「方信德在當立委以前，就傳出曾對自己的女性友人無情無義，那位當年在安平地區做土地代書致富的水女士，幫方信德助選出錢出力，但當方信德當上議員後，就刻意疏遠她，為此方信德在選立委時，這位水女士還出面要站台提出控訴，但有人警告她說方信德就算如此還是會當選，會對她自身很不利，不得已臨時作罷。」

　　張程鈞默默的點了點頭，不動聲色地把手掌式聲控微型錄影音機的敏感度調大，這個裝置和公司有連線，可直接上傳。張程鈞接著細聲問：

「這位水女士就是傳聞中比方信德大二十多歲的那位？」「沒錯，當年方信德才三十歲出頭，女方已經五十六歲，但女方因為在外走業務，算是懂得打扮，當時不顯老。」老台長緩緩回道。

張程鈞再追問道：「他們的事有什麼爭議嗎？我由他人所說的，知道當時女方已離婚，而方信德則未娶，男未婚女未嫁，方信德就算拋棄這段感情，也沒太大爭議吧？」

林台長抬頭看了看張程鈞回道：「你說的沒錯，這也是為何地方會拿他們的事開笑，說什麼『三本五十六』的笑話配宵夜。但事實上，方信德本人也沒有反駁說什麼。但這個事，點出了方信德的人格特質，就是心狠手辣，有利於他向上爬的事，他都願意去做，而一有不利影響，他就當機立斷！」張程鈞想一想，這做一個領導人也無不可，總比猶豫不決朝三暮四好吧？

張程鈞突然像被電到一般，聲量提高的問：

「當年方選立委時，國立黨推出的一位醫院院長和方信德競選，是不是就曾影射這件事而被方信德告過？好像就是講什麼淫人妻女之類的？」老台長點了點頭，又搖了搖頭：「你聽到的事，說對也不對，不對也對。當年錢院長的文宣，確實點到方信德的男女問題，但所提的人，是另一段與方信德更有名的男女關係，就是方信德當議員後，也成了民基黨議會黨團的幹事長，和當時同為議員的國立黨議會黨團幹事長張女士的緋聞，當時鬧得地方皆知，他們倆在議會因政黨協商而互動較多，曾一同去歐洲考察。就在考察回來後傳出兩人關係曖昧的傳聞，後來張議員的丈夫還為了方信德介入家庭，壓力太大鬧自殺，當時就送到錢院長的醫院急救的。」

　　張程鈞不斷的要依老台長斷斷續續的聲量，注意收影音的情況，又想著這件事的矛盾之處，忍不住追問道：「台長，有點不禮貌的請問，那位張議員有了家庭，又是國立黨議會黨團的幹部，有什麼理由需要和方信德發生關係嗎？就我

先前了解的，張議員他們夫妻是有孩子的，張議員丈夫鬧自殺，也可能只是因為自己的太太比較成功，使得自己在外人面前抬不起頭，而一時心情不佳而出了意外？」

　　老台長很意外，但又不顯山露水的，嘴角掛著微笑道：「我這次沒看錯人，你是為方信德的敵對陣營工作，得到這些消息後，仍要找我查證，若是其他的選策師，早就直接編故事了。我無法給你答案，但提醒一個方向，就是鬧自殺的有送醫，醫院有紀錄。你現在是為民基黨輔選，自己斟酌怎麼做。」張程鈞很務實的了解到，老台長知道自己有錄下一切，對話僅點出了查證方向，但做法又涉及個人一級隱私的病歷資料，看來得找錢院長聊聊了。

　　談到這，似乎要再進一步多問什麼，也沒太多話頭了。張程鈞也就真心的向這位老人家致了意，回到車旁。看到老怪正和進門前傳出聲聲狗吠的黑貴賓，拿著球逗著玩，心裡也清楚，老台

長八成和老怪問過張程鈞的事，難怪能說出高中老師的往事。

　　就這樣到了傍晚，熱風拂面而來，張程鈞想，今天該回去整理一下思緒。在車上，老怪不時的透過後照鏡瞄張程鈞看，張程鈞也知道，心想：「你老怪還真不是白叫的，年紀不小還古靈精怪的，要不小心點，真被你賣了還不知道！」老怪忍不住，還是問了：「老闆，談得如何？現在是先回辦公室，還是去哪？」張程鈞貌似疲乏的說道：「沒什麼，就先回去吧。」

02 黑潮四散　選策師的堅持

　　說是辦公室，其實就是住的公寓，只是原本是客廳的地方，擺上了辦公桌椅，掛上大大的電子地圖罷了。張程鈞回想到剛老台長的話，其中話題點到「選策師」，自己倒是心中一樂。

　　選舉策略師，簡稱「選策師」的這個稱呼，知道的人相當少，尤其在國立黨垮了後，這原本為用來平衡不當政黨競爭所成立的政治團體也就消聲匿跡了。說白了就是一群一九六〇至一九七〇年代出生，歷經台灣民主化，由校園民主到政治解禁，對野百合世代反思，但又一直擔任政治幕僚工作的人所組成的團體。

　　這群人對外十分低調，精神上是以戰國時代的墨翟（即墨子）為師。戰國時代百家爭鳴，墨家一時間執百家牛耳，最為後人所知的是宋城一戰，墨子為助宋抗楚的強勢侵略，以行動完成墨

家非攻兼愛的理念，率墨家弟子助宋防楚，事前做兵棋推演，數戰皆捷，令時人震驚不已。

古有攻城之戰，民主時代則以選舉取代了流血的戰爭，但選戰仍不脫戰爭本質，涉及了權力的更迭，也就多了許多以力壓人，而不是以德服人，甚至有過之施以詐術，其奇正之道更甚古時流血戰爭手法。所以這群志向不求當官聚富的現代墨者們，就透過最新的保密社交工具，類似幾十年前的網路工具，只不過這套軟體以類神經系統為架構，注入了所有成員腦中的資訊，並重新歸類後建構的超巨型「選戰資料庫」。

所擁有的資料，包括了全台各縣市約三萬多筆地方派系或政黨小組長以上幹部的投票取向，其區域所能影響的票源推估數，換算之後具一百餘萬的「組織票」，這樣的「兵源」，是各級政治人物的秘密，但對這群現代墨者而言，則是仿如在透視鏡下清楚的掌握住這些票如何運作與流動。

　　這神祕的組織，他們對外的代號是「黑潮」。「黑潮」的出現頗有對抗民基黨綠潮流之勢，而綠潮流早已獨霸台灣綠營政壇，當今趙總統參選人，就是民基黨中綠潮流的大將，而方信德退出民基黨前也是綠潮流的成員。

　　張程鈞看了看桌上的投影人物，他的老闆賈總經理，與他約定了北上開會的時間。這時張程鈞腦子中開始規劃，這次北上要和賈總確定這次議題專案的一些方向。另外也想回頭聯絡一下「黑潮」的頭兒，身為黑潮早期草創成員，對於這些中間偏藍的戰友，實在有種比家人更多的親近感，如今多數進到業界，仍在政界的少之又少，像張程鈞這樣的投入選舉策略公關公司，更是碩果僅存了。用掌型顯示器預定好北上的超高速列車後，張程鈞早早入眠，一夜無話。

　　路上車不多，尤其是台北的冷清感，對五十歲出頭的張程鈞而言，和十多年前相較之下，更是明顯。

「我和賈總有約，謝謝！」張程鈞對著接待機器人說。在這不合時代感的房間布置中，賈總坐在長條型的會議桌中間，令人特別感到突兀的，就是二十多年前流行在彩券行櫃檯上都會放的三腳金錢蟾，閃亮亮的放在桌上。

　　賈老總笑嘻嘻的說：「快坐，你上傳的影像，我都看了，真是傑作啊！一記直球直攻林台長心中過不去的坎。讓他開口證實了這一個多月來，方信德老家的那些傳聞，連那個自稱和方信德穿同一條褲子的另一位議員，都沒能說的這麼有理路啊！」

　　張程鈞雖和賈總合作這次的接案，掛個經理的職務，但實際上張程鈞是有相當自主性的策略夥伴。因為賈老總只能和一些留在台北的綠營政客和過氣的國立黨人士交際，要他真正提出什麼一擊必殺的選舉策略，那是不可能的。而賈老總這間公司真正聽命辦事的職員，只有一個。就是門口的那位接待機器人，其他的只剩下安置在機

房內一顆顆的有機硬碟與遠端的量子電腦了。

　　賈老總預計下個月初，就要第一次發表二〇二四年總統選舉理性選民模型的預測結果，有些樣本的參數和調校，還等著這次的業主民基黨選對會給確認參數。張程鈞也微笑著向賈老總提出這次開會最重要的目的，就是要當今執政的民基黨協助排除後續調查張議員丈夫自殺的相關資料風險。

　　一點也不意外的，賈老總輕鬆的手一揮動，口念著「劉副秘」，牆上就出現了總統府副秘書長辦公室的影像，賈老總很簡要的和劉副秘說要找衛福部窗口，用了一些暗語，將衛福部的窗口連結以三方通話的方式做了連接，不著痕跡的讓張程鈞和這位衛福部長秘書對上，做了面見安排。

　　很快地，張程鈞直接走出賈老總的辦公室，到了部長秘書約好的咖啡店，兩人談了些基本原則，但觸及到張議員丈夫病例問題或就醫紀錄

時，部長秘書搖了搖頭說道：「張先生，若只是取得救護車出車和到院紀錄，還可以有些灰色地帶，若要護理紀錄甚至是病例資料，可能會有困難。」

張程鈞對此所持的態度也清楚，是「不惜一切代價查證，必要時勇敢揭露」。但這次和部長秘書的會面，是刻意讓民基黨內部留下一個紀錄。真正要弄到資料的管道，張程鈞一點也不欠，但唯有將民基黨的人扯入了這個查證過程，到時出事了，也能說資料是由衛福部流出的。因為病例電子化後，早先的病例都掃成電子檔了。要是衛福部看不到，又如何督導和抽查這些醫院？更何況幾年前民基黨政府大張旗鼓所推動的身分證和健保卡二卡合一，表明要讓台灣的人民身體狀況建成一個資料庫，明的是供醫學件用，骨子裡還是一些見不得光的目的。

就這樣，兩人各自帶著自己的答案道別了，張程鈞沒忘記再聯絡一次賈老總，向其表示一切

順利，也請賈老總向劉副秘說一聲。

　　張程鈞不急著回到台北家中，因為才下午三點不到，預計晚餐約一位過去黑潮的老友，現在是一間媒體集團的發言人。這位洪發言人和他年紀相當，對彼此都很佩服。

　　大約三小時的空檔，張程鈞找了一位頗有製作短片天份的前工作夥伴，為了試著找有無意願協助後製文宣的人，和這位朋友就約在賈老總辦公室附近的咖啡店，聊了聊相互近況，試探性問了問有無興趣幫忙，他也不排斥，就這樣結束了短暫面見。

　　看看時間，差不多可以朝洪發言人辦公室移動了。天空半陰半陽，和南部炎熱又灰灰的空氣比起來，還是好多了，但就悶了些。想到唸大學時，由成功嶺大專專訓到結束，回南部收拾東西，馬上去台北到大學新生報到時，那時的天空，就和今天一樣。

「一陣子不見，還在幫公關公司打工？你我年紀不小了，該想想自己的事了吧？『黑潮』的理念，也許比較適合退休的人。」洪發言人一見面就叨唸起張程鈞。

張程鈞知道這些一起曾是「黑潮」成員的老友，心態上對國立黨是恨鐵不成鋼，但又不至於死了那份經世濟民的心，張程鈞回道：「我不就承載著你們的份兒，還在繼續努力嗎？該不會你們集團和方信德有什麼具體合作吧？」

「我們家的賈老總和你們老闆也算牽得上，我這次不是幫國立黨這邊。理由很簡單，就是不信任方這個人，希望重演國立黨當年『換藍』，再次抽換總統候選人。」張程鈞悠然地說。

「我總覺得方信德的背景，短短兩年不到就代表興國聯盟真的有點扯，就算興國聯盟沒人，大可找企業界的人。之前幾個朋友就提到，中國大陸已經幫台籍駐中工作每年超過六個月以上的

人，主動製發中國大陸身分證。中國大陸也明擺不文攻武嚇台灣人，這次甚至有些沒存在感，若這位方信德是中國大陸的代言人，這場仗還真有爆點可打。」

洪發言人認真看了張程鈞說：「程鈞，你政治弄久了，不會把腦子弄壞了吧？方信德就是因為在民基黨混不下去了，加上綠底子也不見容於對岸，這才透過宋老先生，在興國聯盟中打下原打算再戰的岳主席嗎？加上不在籍投票的立法即將通過，若沒意外的話，二〇二四年大選就可以在總統大選中運行。我看民基黨也清楚總統可能不保，交換了『立委保留在籍，總統可不在籍投票』這招。」

就如張洪兩人的對話所提，台灣二〇二四年總統大選的氣氛實在詭異。中共過去多會指三道四，民基黨更是會刻意刺激中共做出對台的文攻武嚇以刺激票源。但此時羽主席已有兩年不再兼任中共總書記，中共的運作回到了集體領導，雖

是以黨領政，但中共黨中央仍有默契的對羽主席的國家路線，以配合的方式運作著。怎麼看現在的中共都比較像是中華民國憲法五權分立中監察權的角色。

而民基黨雖然自牛小姐的帶領下重返執政已完成連任，這次趙主席的參選之路，一反過去的打法，反而有點類似二〇〇四年國立黨的打法，就是認為贏定了，只要少失分即可。在這樣的氣氛下，民共雙方都在冷處理。

興國聯盟盛大了辦了一次提名的造勢活動之後，也僅專注在自己的立委選戰上了。而社會上幾個雷聲大雨點小的運動，「軍公教自救運動」、「反空污以核養綠聯盟」、「反廢死救未來」等三大主題運動，除了發動初期發揮了打臉民基黨的功能後，因為欠缺有系統的社會運動，只要再「遇上」幾個反面案例，很快的媒體就轉向了。例如軍公教的年金抗爭，在說不清楚也引不起共鳴下，又發生兩個先後過勞的二十歲年輕

貌美女秘書自殺未遂案，火一下就滅了，人家年輕女孩累到過勞尋短，領的薪水還不如一個國小退休老師，這下讓軍公教自救運動更無法引起社會共鳴。

反空污以核養綠就更悲摧了。因為核二廠連跳二次，輻射稍微高一些，就驚死全台了。加上台電自認無力百分之百保證核安，後來呢？如同清末太監的下面，沒有了。

反廢死倒是持續較久，就在年初，一位被判死的年輕單身媽媽，他剛懂事的可愛小女孩，居然被親戚給「照顧」成了腦傷。小女孩受傷前一晚可愛又天真的想媽媽錄影畫面，莫名其妙的流竄在社交媒體平台上，這短片好比當年川普高舉反移民大旗下，那骨肉分離的悲情照，登上時代週刊後，川普自然由英雄變狗熊一般，台灣的反廢死也啞了口。就如同黑潮老友的判斷，這些案例極可能是人造的。

張程鈞笑道：「大發言人，我今天來找你不是開論壇的，是想弄清楚方信德背後到底有沒有對岸的力量，而你們集團多年來公開呼應和支持中共的兩岸政策，所以想直接問你，好過聽你們發的公關稿。」

　　洪發言人兩眼一翻：「你怎不直接問你們老賈，有些事我知道，而不該我知道的，我則是一點興趣也沒有。但倒很明確的是，我們老闆有下指示，針對方信德的新聞，就強化他所提的『安全西進，自治共榮』，並帶往支持一國兩制的方向，至於何謂兩制，就回到『各自表述了』。反正人民用腳投票，這次二〇二四年的大選，只要民基黨立院不過三分之一，總統又輸的話，這台海分裂的局面，就可告一段落了。」

　　張程鈞打了哈欠，心想你這個中共傳聲筒的發言人忘了黑潮的理念也就算了，也該沒忘記一起幫馬總統打過第一次大選，當時那位鐵老師所說：「幕僚可以天真，但不能無知！」很明顯

地，以墨者精神，兩岸棋局是應助台防衛，而台灣島內局面，則以平衡保持政黨政治民主制衡，以保存真正擁有不流血方式變換政權的民主經驗，這不只是未來中國穩定發展之所需，更是世界區域和平之必備條件。因為世界和平，需要穩定的中國，而穩定的中國要有民主運作經驗的台灣，而民主的台灣，則必須擁有具制衡力量的反對黨。

經洪發言人一說等於證實了張程鈞的想法，就是方信德利用了在台泛藍無人的契機，中共轉向以漠視民基黨政府，落實一國兩制的作為下，成了一位興國聯盟的總統候選人。

而以孫子兵法「其上伐謀與攻心之術」，只要方信德代表興國聯盟參選總統，進入無法抽換候選人的時程後，再被爆出泛藍選民無法接受的醜聞，這場大選的結果已可預期。

根據張程鈞長期分析國立黨提名者的票源結

構，因政黨形象，不需催票就會投票者，各縣市佔其得票數平均有十五％；因候選人自身條件且不需要黨部催票而投票者，各地差異很大，平均約三十％。但因黨部或組織催票而來，包括原本就受政黨或候選人所吸引者但需再動員，則達五十五％。以這樣的結構，若候選人只取得了十％，等於最多僅取得藍軍票源的八成，就算因為通訊不在籍投票通過實施下，以藍軍最高近七百萬票的實力，投出約五百五十萬票。而在未通過通訊投票前民基黨都能維持近五百萬票的得票數，再弄個五十萬票以上，不用量子電腦計算模擬也可知道這絕不是一面倒的競爭。

「好啦！洪大發言人，你已經說得夠清楚了，就看這個局怎麼發展了，我過兩天才會下南部，先這樣了。」洪發言人瞄了一下桌面影像說：「走吧，去吃我們常去的那間餃子館吧！「五花馬？這附近哪有什麼餃子館是我們以前常去的？」聽到餃子，張程鈞瞳孔放大的問道。「回去你以前辦公室附近啦！就『又一村』啊！

走遠點，還有其他人聚一聚。」

　　還是那間餃子內餡入口即散又不失口感，是這群餃子愛好者的最愛，果然還是老友才知道的口味。張程鈞在又一村麵食館裡遇見了兩位一起打過選戰的老戰友，一餐後彼此話了道保重。

　　張程鈞在台北留下二天，一方面持續推演這次選舉的幾種可能，另一方面也好好陪著妻兒，當幾天家庭煮夫。早上弄早餐，晚上做三道家常菜，其中張家扣肉是一定要的，看著兒子滿足的扒完飯，嘴角帶著米粒的表情，張程鈞心中暖暖的。再看著妻子微笑表情看著兒子，但一看到張程鈞看著自己，馬上白著眼回敬，繼續吃著其他二道菜 —— 客家小炒和滑蛋蝦仁去了。當初結婚，張程鈞即答應會做菜給妻子吃，但張程鈞這種與家人聚少離多的墨家鉅子生活，妻子仍顧著家和孩子，實在難能可貴了。

　　南下的車上，張程鈞盤點了一些資料，使用

高級選策師的權限，進入「黑潮」資料庫。在當年「黑潮」成立前，鐵老師就進行了一系列的人才培力計畫，主要是培養馬央九團隊中的年輕幕僚。當時還沒有使用選舉策略師這個名稱，先以學生寒暑營隊的方式招訓學青。馬先生當選黨主席後，所推動成立的青年團，其每年所招募的幹部分別在選前進行訓練。二〇〇八年前初步得到結訓的初級成員，發配各縣市輔選立委、或在中央協助全國輔選，也有的是進入政策系統。

這一票人大致分成了政策、文宣、組織三類，唯有經歷過二種類別工作，並實際參與過二次地方或一次全國輔選者，才可以成為後續訓練的帶組幹部，而三類經驗俱全，並參與二次以上中央級或五次以上地方級輔選實務者，經過訓練帶組幹部後，才可受邀擔任訓練的籌備幹部，後續許多成員就加入「黑潮」又重新以初級、中級和高級選策師的分類來認定其權限。張程鈞因為參與過四次總統、三次國立黨主席以及立委和縣市長多次的輔選，加上擔任早期訓練營的帶組和

籌備幹部,算是資歷完整,所參加面向有市政白皮書編寫、青年組織籌建和縣級文宣議題攻防,如前所述也做過民調,並在政府機關擔任政務官,名列高級選策師倒也名正言順。洪發言人則是僅參與文宣、政策,是中級選策師。雖然沒有很嚴格的升級系統,但整體上參與黑潮的成員倒還知道使用資源的分寸。

而鐵老師,則是馬的首席文宣和策略幕僚,其他宗師級的黑潮成員是包含了政策系統為主,前主委以及組織系統的前秘書長等。在馬當家期間,「黑潮」可算是一股力量,但隨後繼者有著不同門戶之見,加上丟了中央執政後,「黑潮」就潛伏了起來,但更多的青年幹部是流向了業界去做秘書幕僚。

03 眉目已現　武器已握在手中

「老怪，我們直接去找錢院長。」張程鈞在車站停車場一上車就給了目的地。老怪似乎早有準備的說道：「錢院長那邊有提過，但他要晚上才回台灣，現在人還在大陸。」張程鈞臉色木然的說：「不用擔心，先朝醫院那去。」張程鈞心裡想，反正到時差不多中午，找個吃的，有空檔去看一下住在附近的陳老議長，請他把先前和方信德議員同選區的林議員一同邀來一起聊聊。

陳老議長是當地的一個山頭，交友橫跨藍綠，林議員則是忠貞的國立黨幹部。而與方信德鬧緋聞的張姓女議員，雖是國立黨籍，但被地方評為藍皮綠骨，大概也只有陳老議長這樣的角色，才能將這些立場各異的人馬組在一塊。

眼見過橋後即將進入錢院長醫院所在的鎮上了，張程鈞問道：「老怪，我們之前到老議長那

時，在靠海的路邊有間鮮魚湯的小攤，我們午餐就去那裡吃吧！」老怪應了聲。張程鈞這時腦袋中已浮現鮮魚清湯中的各種海魚肉片，若再加上一碗口味濃郁的滷肉飯，和一些滷味，不知道有多好。想著想著肚子不爭氣的咕嚕聲起。

老怪結了帳後，張程鈞先上車小瞇一會，吃飯時老怪依例問了接下來一星期的行程安排。由於整個資料調查的進度，遷就於今天和錢院長會晤情況，所以張程鈞只回應說：「結束後再回頭看看。」

如同幾個先前聊過的地方人士，張程鈞也主動問起老怪：「錢院長那次和方信德選立委時，你知道錢院長被方告的事嗎？」「當然知道！」提到這話題，老怪就像打了雞血似的，剛吃飽飯後的昏睡感全沒了。

「錢院長是我們和方信德當年拼立委的英雄人物，但差了點運氣，因為最後方信德的幕僚出

了絕招，把後來代表國立黨選縣長時的姬前議長給收攏了，硬是推了議長自己人出來違紀參選立委，結果票都被分走了。」

「後來這議長的人又打著國立黨的名號發出了一波攻擊方信德的私德文宣，而錢院長的文宣幕僚也跟著打，結果兩人都被告，但好像只有錢院長選後還沒被撤銷告訴，弄到和檢察官認罪的方式緩起訴才解決。」

張程鈞想了想，看來這步棋若要下，就得往死裡下。一是要有可信的證據；二是要有打到底的準備，且南部的司法檢察系統和政治人物的關係可不是一般般啊，風險不小。

看來也快兩點了，就直接告訴老怪，往陳老議長家去吧！老怪倒是猶豫了一下，問道：「不需要帶點東西去嗎？」張程鈞有點好氣又好笑的說：「人家都在這了，而且以議長的家底，能有什麼入得了陳議長的眼？」

港邊遠處向瀉湖面上遠望，一幢獨立於草坪上的二樓別墅，就是陳老議長的會客所。老怪向識別器報了號，沿路出現指示推引車子開向別墅方向。老議長站在二樓，林議員則在一樓房前，看到張程鈞就自來熟的拉著向屋內走。在二樓一面向海的落地窗前，張程鈞向老議長說了一些問候話，老議長有一搭沒一搭的回著。直到張程鈞說：「晚上我有約了錢院長，您若有空要不要一起？」老議長眼睛一睨，回道：「你這少年ㄟ，有什麼要問的？想做的？若看我們這些鄉下人有起，就直接講出來，我和方信德是有一些土地開發合作沒錯，但和他因為那個姓姬豎仔的事，大家也就沒後面了。」

　　「雖然錢院長和方信德是怨仇人，但說的也不一定是真。當年錢仔選立委，地方是我在處理，林議員在這邊，你可以問他。」林議員馬上很配合的嚷著：「當時要不是議長幫忙，錢仔一點可能也沒有，雖然最後錢仔還是輸了，但要是我們當初放生他，他會輸到脫褲。」張程鈞心中

暗喜，這個回馬槍的會面目的達到了，算是引起這一個以陳老議長派系的興趣了。

　　張程鈞貌似誠懇的向兩位地方大老問道：「關於方信德的事，我只想知道到底為何會傳出那位張議員和方信德的事？不是很合理，兩個敵對黨團幹部，怎麼會扯在一起？甚至女方丈夫還自殺？」陳老議長看了看林議員，林議員馬上回道：「方信德是當選議員時，和那個張議員去歐洲考察，你也知道嘛，議員考察是怎樣，當時不只他們兩個，還有其他四個一起去啊。就張議員在飯店喝多了，方信德扶他上房間，結果一去兩個小時都沒出來，就傳出一些話了。回台灣後，議會就傳的更多了，連一起上 Motel 都有，結果還被張議員老公抓姦，不知道有沒有捉到就鬧自殺了。夫妻都鬧過，鬧得還不小。」

　　林議員瞄了老議長後，繼續說道：「這些傳的很多啦，還有之前的代書『三本五十六』，你應該聽過吧？連台語金曲歌后都有，他的前夫還

在我面前罵過方。」這些傳聞張程鈞都聽過，而且都是之前去找林議員時他就提過了，但在老議長前演這一幕，大概是打算丟餌了，接下來必「有料」。

「要是真的要處理，我們可以找到那位代書出來，還有那位台語歌后的前夫。」老議長道。果然，老議長出手了。張程鈞也清楚，挑明地說：「若有可能，我們確認要做時，我再向老議長拜託。你也知道，有些東西總是要準備，這次我什麼都沒帶就來，真是失禮。」

老議長瞄了林議員，林議員也沒搭話，看來他們倆可能還沒講好「禮數」要怎麼處理。話說到這兒，也到了頭，時間也近傍晚了，老議長直接說晚上和家人有安排，就讓張程鈞先告辭了。

張程鈞一上車，還沒開口，老怪的車上電話響了。老怪一聽就回過頭道：「找您的」，張程鈞左手向車上電話通話鈕一摸，電話那頭響起：

「張先生，我議長，你之後有要找人，就直接找林議員，他會處理，做什麼我會幫忙。」張程鈞在通話中禮貌的回了幾句後，就帶著笑意請老怪帶他去找錢院長了。張程鈞發現，不是方信德人緣差，而是這邊地方勢力關係複雜，沒有朋友也沒有敵人，只有看有無利益，能不能創造價值。看來這一個調查，很快可進入下個階段了。

直接到醫院頂樓行政室旁的會客室，等沒多久就被通知到院長室。「張先生，抱歉啦，行程很早就排好了，你找的老怪我們也熟，這段期間我們醫院不朝中國大陸發展也不行了，抱歉啦！」張程鈞也順勢拉了拉關係，提到馬前總統當年的一些事，兩人很快就拉近了距離，而且依照張程鈞識人的經驗，這位錢院長是個口直心快的人，很快就切進了主題。

「院長，您這次怎麼沒參選立委了？」錢院長哈哈大笑道：「我不是憨仔，選舉要花錢，上次選完之後馬總統夠意思，有安排不分區，要是

讓我目前還在不分區努力，也許我還願意拼一下，現在我醫院的事這麼忙，怎麼可能？」

張程鈞看得出來，錢院長心口不一。但也沒點破，接著問了：「上次選後，到底是被告什麼？」

錢院長一聽火就上來了：「黨部的人很差勁！那次文宣我就說不要弄了，最後還是要我跟著姬議長的人打方信德，害我多花錢，後來那個姓張的瘋女人來找我算帳。我就說我是跟著打的，而且本來老議長安排要出來爆料的人喊價五十萬，後來又不了了之，文宣跟張議員那個瘋女人一點關係也沒有，想到就氣！」

張程鈞一聽發現有新料，故意裝糊塗問：「我聽說在你選立委時，張議員老公還找你提什麼要幫你助選不是嗎？」錢院長氣呼呼的說：「對啊！她老公還開宣傳車過來，說要把方信德弄倒，要幫我助選。他們夫妻倆，真的瘋啊！」

張程鈞看機不可失，刻意點道：「既然幫忙院長，為何又怪院長的文宣，還要找你算帳？」

「就她做議員弄到老公自殺啊！夫妻為什麼吵到要自殺？我只知道是為小三小王的事情，也沒去注意怎麼回事，整件事都快三十年前了，反正他們夫妻倆瘋瘋的。」

張程鈞大致了解，錢院長應當沒有看過張議員丈夫的資料，現在都快七十歲的人了，沒事實，實在沒什麼好去追根究柢的。張程鈞心裡想，可能沒有具體的資歷可供參考了，只好順口提到：「錢院長，要是有空可以了解一下，張議員還是她老公當年自殺急診的護理紀錄，可能可以了解張議員抓狂的原因？」

院長似乎想起什麼，點了點頭。張程鈞研究投票行為，知道一般人受慾望與安全感驅動，其中好奇心正是滿足人類對尋求安全感所衍生的一種趨力，透過錢院長之前表達的情緒，以及經提

醒後其眼神閃出的亮光，配合錢院長的直爽個性，一定在張程鈞一離開就上資料庫去查舊檔案了。

張程鈞和錢院長在港邊一間海鮮燒烤，與院長夫人和前國立黨地方黨部的書記長，都因曾輔選馬前總統而結緣，聊到往事，大家又多喝了幾杯。就在聚餐快到一段落，彼此要告別時，錢院長紅著臉，靠近張程鈞說：「張兄，難怪當年你們可以幫馬總統，我可以告訴你，張議員丈夫自殺，就是因為他認定方信德介入他們夫妻！這也解釋了我選立委的時候，她老公送宣傳車來助選時說的話，以及文宣出去後她抓狂的原因了，真是一對瘋子。」

可惜！這些話，張程鈞完全無法拿到影音檔上傳！但至少確認了這位張議員前丈夫的護理紀錄，有關的資料可資證明！只要把這訊息傳到「黑潮」不用三天，就可以出現書面資料，但這涉及可能違法，處理需更是小心。故現在只能以

口耳相傳，說要找這一份資料，再來就是等了。回到車上，老怪瞄了張程鈞一眼，就直接開車回宿舍了。

「幫我試看看，找這個人的紀錄，大約二〇〇〇年到二〇〇四年間，重點是自殺送醫的急診室紀錄。不勉強，若有請用寄的到我南部辦公室就好。」張程鈞一早，就撥了三、四通電話，並且開始擬時程表，大約何時要準備好文稿和圖樣，正在思考是否要刻意提早觸發換人風波？或是壓到選前三天內猛打？

若張程鈞以自己的想法，總統不換黨對台灣及兩岸才是有幫助的，一方面可以讓總統立委脫鉤，最差也是在興國聯盟立委多數的狀況下，使得民基黨自主調整兩岸局勢。若此時換國興聯盟主政而傾中，以目前中共集體領導的模式，正是有可能使中國政治朝向民主化，這樣的機會稍縱即失。

　　兩岸最重要的不同，就是台灣以政黨制衡呈現相信人民的力量，而中共則是以黨國體制完全控制為穩定基礎。乍看下中共比台灣的穩定度高，但深入探討後會了解，台灣其實更有韌性，中共反顯脆弱。

　　張程鈞在等資料的幾天，放鬆心情到幾個先前拜訪過他地方人士處走了一圈，其中最積極的就是張老議長派系的林議員，連台語歌后前夫的電話都可以擴音出來對質。

　　這位歌后前夫提到當年和歌后老婆離婚的原因之一，就是因方信德涉入他們家庭。依其說法，方當年選上立委後，在台北和一些人互動都還是他牽的線，連自己老婆也是。後來一陣子，歌后老婆半夜說陪妹妹而沒回家，自己打一次電話去問情況，電話那頭回的居然是「方大哥，我們已經在房間等了喔！」但對方一發現電話號碼不對，馬上就掛了。結果夫妻大吵一架，感情日漸生變，直到協議離婚。這位疑似綠蠵龜的歌后

前夫，在離婚後曾認真的問過歌后，到底有無與方信德交往。只聞歌后說：「不可能啦，他這個人很無趣，我不會跟他在一起。」這樣的料，說真的不是很好，且這位前夫的公務員身分又不敢出面，而歌后也不可能自爆，加上早已再嫁，實在難有效果。至於另一位資深代書，還真找到了，只不過做古多年，要有戲也得有女主角，要不死無對證。

綜合來看，張程鈞的任務已漸至尾聲，只要把資料收到後，和有意願幫忙的人說聲，將故事背景講完整，就算大功告成。至於何時爆出，因為有兩個考量，只能看事辦事。

不久後，民基黨委託賈老總的模擬就出來了，若方信德贏，民基黨勢必改變目前以不變應萬變的做法。若與方信德拉鋸，就可能拖了。若方信德不足為懼，這份資料也無用武之處。

就在預計發表模擬投票結果的前二週，張程

鈞收到了一份用兩層公文紙袋裝的文件，共六張，裡面清楚的看到是誰的病例和護理紀錄。其中，送急診室的紀錄則清楚的寫道：「病人自述，因夫妻彼此懷疑有第三者，所以感情變差，此次為離婚吵架，服用過量鎮定劑。」另外，在急救後仍因情緒不穩，而受精神科診療時的紀錄，直接提及「都是公眾人物，妻子有外遇的事情不能拿上檯面，若是死了還能風光出殯！」醫師認為病人情緒仍不穩定，故仍留下觀察。

這六張資料，張程鈞比對過時間點，正是林議員所提方、張兩人傳出緋聞的時間點，除非張姓女議員當時是另有外遇對象。

方信德當時是否知道張議員已婚？若知而為之，確實是大頭管不住小頭。以國家領導人的人格標準而言，不論東西方文化，這都是不能接受的缺陷。

但更重要的是，這該如何呈現？角度為何？

張程鈞想的很清楚，目的是讓輿論討論，要使人民知道選擇的背後真相。因此要直球交戰不應軟性，可用譏諷的方式來讓選民了解，尤其是文宣訴求本來就是對方信德不具信任感的藍營基層。

04 正面交鋒 準備一戰

　　根據資料，方向有了。再下來就是釋放管道及時機了。時機，不是張程鈞可直接決定的，而管道則涉及策略，以選策師的角色，加上社會心理學及組織心理學的運用，信函是最正式的型式，而其他如網路、報紙、廣告等，以兵法正奇之術的角度來看不是太浪費，要不就是太隨便。以奇兵而論，還是以集中少量的點放信函最好，最好是張姓女議員的主要選區，因為此事主要在小區域流傳，較不易引起副作用。

　　連幾天，一個星期左右，張程鈞在南部東流西晃，不時發現有一台常看到的車尾隨其後，一開始不以為意，但隨著發現這些人貌似都出現過，更確認自己確實是被跟蹤了！

　　開始注意跟著的白色房車，大約是和現任國立黨地方黨部負責人見過之後，國立黨在黨產被

民基黨強力執行凍結拍賣後，後續幾次總統大選又沒翻身，一連幾年下來，似乎也習慣了。經費的缺口，帶給國立黨後續接任的黨主席嚴厲的考驗，沒一位和他們創黨的孫先生一樣能白手起家，只想著用殺雞取卵的方式，砍了布建多年的組織幹部，藍主席任內以「弱中央強地方」為精簡方向，僅留下大區執行長、區書記以上近二百名的地方幹部，但接任的海主席僅於每縣市留下二人，其餘全以「主委直選、經費自付」的政策解散，老怪也因此失業，對海主席沒一句好話。

幾個路口後，張程鈞疾聲道：「快過馬路，下二個路口右轉回到這條路上。」利用這一來一往的時間差，反倒讓我們的車子退到尾隨車後三、四台車的距離。

白車很警覺，很快在前方進入一棟大樓地下停車場，張程鈞也幾乎同步接到了一通未署名的簡訊，內容簡單明瞭：「前方速食店內一晤，洪建豪。」此人就是長期擔任方信德幕僚，此次是

其辦公室主任兼發言人,而其出身是民基黨綠潮流,因表現不錯被安排到當年新當選立委的方信德身邊做法案和文稿助理。

張程鈞想,看來方信德的警覺性也不算太差,連貼身的人都放出來直接關注張程鈞在南部的動作,可見這陣子刻意在方信德老戰友間的「擾動」,讓方信德知道他的過往極可能在這次大選中被拿來做文章。

張程鈞一進速食店,很快就發現一位四十出頭的中分油頭粉面男子,逕坐在角落後面對入口的位置。也就很自然的點了杯去冰的茶飲,到角落旁的空位坐下。靠近,但不主動的方式,以確認來者是否有意要互動,這是身處政治領域中常見的身段。

很快對方就動作了,張程鈞喝著茶飲,鄰坐的男子利用彎腰整鞋的模樣,開口說道:「張先生,不要玩火自焚,很多東西不能僅看表面。」

張程鈞直接拉高姿態，起身道：「約人一晤，藏頭藏臉，宵鼠之輩，好自為之。」男子立馬回道：「我佩服你的認真，但你被利用了！」張程鈞眼瞄向男子，又再看了看自己的座位，男子很快的移到座位上，張程鈞也就坐下。兩人此時都明白：「認清現實，坦承有利大家的利益。」一開始都非常小心對方有無安排第三者觀察二人的互動，因為對張程鈞而言，這是接觸敵營，對洪來說更是如此。

張程鈞也明白洪用如此冒進方式要與自己一晤，絕不是只是聊聊。洪主任說道：「張先生你下南部兩個月不到，所看的人幾乎都在第一時間被我們掌握。而你要是拿這些人的話自己拼湊成不利方先生的文宣，必定達不到目的，因為另兩個被林議員掌握的證據來源，我們也已經了解。若你還懷疑我們的掌握能力，可以去問林議員，或看看你的手機訊息。」

張程鈞眼中放出寒光的說：「謝謝你的訊

息，我只是個選策師，不負責決策，要怎麼做我相信你老闆心裡清楚；若這場選舉民基黨輸，你也不可同日而語；相對的若民基黨贏，你們在台灣無立足之地。你覺得以這樣的立場，我會如何處理我所知道的訊息？」張程鈞僅靠著這樣的對話，即可判斷洪主任，甚至方信德並未確知自己真正掌握到甚麼資料。

張程鈞因怕書面資料被偷，也為了避免造成不必要的困擾，在掃成加密檔案上傳到公司後早已將書面資料銷毀。洪主任最後底氣十足的說：「不用急，明天你就知道了。」

結束了短暫的對話，張程鈞拿著茶飲，邊走邊喝回到車上。老怪問道，晚上想吃什麼？張程鈞毫不猶豫的說：「炒飯！」

和洪主任的碰面，直覺是以「好意」為出發點阻止張程鈞的工作，不論其出發點，都肯定這些緋聞訊息的可信度高。但各方人馬釋出訊息的

目的就不同了。林台長是相信人民，林議員一夥動機可疑，只剩錢院長的酒後低語，和手上的病歷資料最具可信。而洪主任的「被利用」之說，則要弄清楚，是被誰利用，又是受誰利用，為何利用？

就在吃完炒飯，準備回去整理一天資料的當下，接到林議員來電，僅匆匆邊約碰面，到了約好的咖啡店外，見到林議員坐在一輛雙B車內，請張程鈞入內。林議員急道：「外面傳你代表民基黨用一千萬元買我們出面指控方信德，議長覺得沒必要造成彼此誤會，所以之前的事就暫停吧！」張程鈞想，反正也沒和你們真正做出什麼合作，當場也很義氣的要林議員放心，並轉告老議長。就在張程鈞要回到車上時，收到了台語歌后前夫的短訊內容，提到人在公門，不便出面。看來洪主任所提的出賣，是林議員這些人兩邊兜售，利用張程鈞的查訪行為，和自認可掌握訊息來源，反而向方信德要了個好價碼。若僅如此，實在可笑。

　　張程鈞回到住所，整理了一下局面。訊息來源分為四種：一種是陳老議長一脈，這部分他們算是獲利了結了；第二是國立黨基層和地方人士，這部分以林台長的訊息最清楚；第三，則是錢院長，點出了關鍵病例，最後則是收到的病例資料，這是最有力的證據。相信任何人在收到了這些資料，都會確信方信德當年確實破壞了張議員家庭。

　　而文件的準備，一部分由信函點放，另部分由公司處理。不到一週，將公布的投票模擬結果，勢必成為此次大選甚至立委結果的分水嶺。睡前看了一下郵件，發現原來之前就請託製作的初稿已寄到，看了一下，方向不對，太直白了，失去原先嘲諷的調性，起頭還要各位同志、藍皮綠骨，等於自爆家門了，明天一定要聯絡一聲稍作調校。

　　第二天一早，張程鈞吃了蛋餅蘿蔔糕的早餐，看了看時間，透過電話要求調查文案初稿，

對方希望了解哪些地方要改，張程鈞只好點出：「各位同志要改成選民，整個方向不對，其餘當面談談。」就趕緊掛上電話，因為賈老總的插播進來了：「程鈞，再三天要公布模擬結果了，你要不上來一趟先了解一下？上次提的文案『西門專案』出來了。電話不方便說，見面再談。」

就原先了解，做這一次投票行為的模擬，必須掌握相當大量的行為模式類型，以及各類型在目前各項內在變數與外在變數的設定，而這些設定則是可由大規模投票資料與民調來完成。簡單說來，就是將選民依照性別、地區、學歷、收入、社會條件、社團情況、宗教信仰及黨派等近二十項變數做好分類，而每一個類型又和目前的重大社經問題以及自身投票經驗、政黨偏好度、候選人傾向性以及是否受他人影響等參數來看。

由於台灣將第一次進行不在籍投票，因而沒有這部分的變數，只能完全採用理性選民模型來預估。而不在籍投票的投票率更是無法預估，僅

能分成數個級距來跑資料，而一般在籍投票則已經相對穩定，也就是除了將近二十％的不投票選民以外，剩下八十％中，有半數可依在籍投票，和之前的歷次投票結果做出不錯的預估。而剩下一半可能投票的人，也就是不在籍投票的情況，則需要民基黨自己手邊的資料，才能進一步推估。講白了，就是到底掌握了多少不在籍投票的空間。

很快地，張程鈞到了賈老總辦公室，看到牆上呈現出一張張的圖表影像，其中很清楚的在一個數字空在哪，就是不在籍投票的票源預估數。賈老總說道：「這些資料，已經都經過檢視了，但不在籍部分成了這次大選的重大變數。若不在籍的登記投票人數愈高，民基黨原則上是輸的，但若完全都出來，反而民基黨又會少贏！很妙吧？」張程鈞一點也不意外的回道：「這個前提，是不在籍的選民都是理性的。」

因為這些不在籍者，有學生、軍人以及在外

工作者。而對國立黨或傳統藍營選民，確實會因反民基黨的去中獨立路線而支持目前與興國聯盟所共推的方信德，而理性模型又設定台灣選民不論在籍與否，都具民主自由的意識形態，因此這種樣態之下，不在籍的四十％，若僅投出五％以內，民基黨小勝；五％到二十五％則興國聯盟勝。但若超過三十％，反而變成民基黨險勝了。所以如何拿捏對不在籍投票數的催票力量，成了這次大選的關鍵。張程鈞想了想，還是補充說道：「這些還不含中共的變數以及理性選民模型的缺點。若以我自己做的偏好模型來修正，其實方信德只要能持續他現在的親民形象，以及被默認為新一國良制代言人，絕對可以靠不在籍投票贏得大選。」

「這應該就是目前這份模擬還未能有結果的原因吧？」賈老總慢慢道出。其實，中共、民基黨最大共同利益，完全一致，就是民基黨持續以自閉門戶的方式在台灣執政，因為對中共來說，這是兩岸和平統一最低成本的路徑！才短短不到

十年，全台只剩下不到十％的鐵桿台獨人士，其餘就算票投民基黨的，幾乎都已不排斥中共所公開宣布的兩制模式，唯一不能讓人放心的，就是中共仍保有一黨或黨國體制，這是民基黨羨慕，但無法接受的。

若興國聯盟大選勝利，可預期的是國會席次極可能一舉突破修憲門檻，就能主導恢復被凍結近三十年的國統綱領，使兩岸正式走上和平統一的路徑。回頭想想，台灣推行的民主選舉制度，是透過人民決定和監督政府，中共則是用黨貼近人民利益的方式，推動政府運作和監督各級政府。目的相同，但方法和風險不同。

然而，台灣近八十年的經驗，證明了政權輪替可不流血，但犧牲了效率。而中共停留在封建制度的極權模式，雖有效率，但不知何時會遇到政權變動，要流多少血和死多少人，中國歷史斑斑可考，如漢末三國期間，人口僅餘十之一二，少則數百萬，多超則數千萬生靈煙滅，因此民基

黨的短多長空，成了中共的短空長多的局面。

　　賈老總是政壇老將，更是投機份子，拿民基黨的錢但卻灌有毒的甜湯給民基黨的人。但沒有人是傻子，只是看眼前貪的是什麼。賈老總按了手邊的控制鈕，投影改成了一份文宣，標題是「這不算現代西門慶，誰才算？」內容是一張男人扶著無力的女人剪影，正要打開編號「2326」的房間門的圖片。副標是「若要人不知，除非己莫為。過去害人家庭破碎，未來將害國人家破人亡？」張程鈞一看，覺得整體調性太不清楚了。因為「2326」牽連到一個國立黨前立委的搖頭丸事件，而西門慶在一般民眾心中，實在不易直接和方信德連結。說真的，這文案出來，真的沒效果，張程鈞很低調的問一問：「這是？」賈老總則說：「這是要針對方信德的啊！這張剪影，由半開的門內所透出的光造成的，多有意境！知道方信德私德問題的，可以聯想。像不像中共代言人方信德拖著代表生病的台灣進入象徵中國的房間內要上下其手？我覺得妙透了！」

　　張程鈞只能建議：「房號改一下，最好弄成『520』就好，因為 520 代表『我愛你』之外，又是總統就職日，也算符合這份文宣的原創。」張程鈞心裡有點後悔，應該連這份文宣都該自己操刀，弄個西門慶，還不如弄個潘安呢！若是用「潘安再世」反而比較聚焦，也不用扯什麼台灣中國的意識形態。

　　預定兩天後公布，此時張程鈞已經清楚，方信德已經將自認有爆炸性傷害的人證都封住了，而民基黨則準備了一份強化方信德私德不可信隱喻到出賣台灣的文宣，中共方面則是一直保持對此次總統大選冷處理的狀況，若以張程鈞手上由賈老總給的模擬資料來看，只要不在籍投票破七十％，也就是總票數超過二十八％，民基黨反而險勝。

　　看來民基黨要準備開始玩貼標籤扣紅帽子的動作囉！既然方向清楚，那自己手上那份信函就可有可無了。想到此就順便電詢了一下，做信函

的前夥伴，反正人在台北就碰面聊聊吧。沒多久，兩人就約在上次碰面的地方，也沒特別針對上次的信函文宣內容，就關心一下近況。分開後，就看到郵件信箱來了一份修正稿，張程鈞也沒回信，只去電說聲謝謝，下次見面再談。

由於整個專案任務快到一段落了，南部還有一些東西要整理，該帶回台北的都要帶回台北，該就地處理的就處理吧。返回台北家中，妻兒都在，兒子迷上了一種平板遊戲而妻子則是忙著收整家務。張程鈞向妻兒說，過兩天就可以回台北了，這兩個月出差，辛苦妻兒也冷落他們了。睡前，張程鈞的妻子向他白了白眼說道：「你回台北要多陪兒子，他沒人陪，我也沒辦法好好陪他，都快成了 3C 孩兒了。」想到這兒，又敲打到張程鈞心中的痛，十多年來沒能好好經營家庭，雖妻子諒解，但長期的缺席，是無法挽回的損失。一家人是最珍貴的寶物，這次結束要好好一家同遊。張程鈞如是想著。

05 落入圈套　身陷黑牢

　　回到南部，老怪循例來接。一路上老怪沒主
動開口，有點不同。張程鈞刻意淡化的說：「老
怪，我這次任務差不多了，東西打包後就要回台
北了，有些東西就勞煩你幫忙寄到台北公司去。
這幾天還好吧？沒聽到什麼？」老怪神色自若地
回：「等等回辦公室一起整理吧。除了林議員有
留一份東西外，也沒什麼？」張程鈞到辦公室
後，一看所謂林議員留下的東西，是自己手上已
經銷毀的病例資料！幾乎完全一模一樣，根本是
同份資料。張程鈞開始想，這是怎麼回事？若林
議員自己被方信德收買了，為何還要給自己這份
資料？難道這份資料是陷阱嗎？也就是洪主任有
把握我方用方信德和張議員的資料來做文宣，將
反而有利方信德？

　　整件事情愈來愈清晰了！只有一種狀況，張
程鈞可能真的被利用了！張程鈞開始回想整件

事，除了林台長、錢院長，所有人都是方信德的地方關係能影響的人，而賈老作為方信德的老友，卻裝得什麼都不知道一樣，若方信德真的當選固然很好，但也馬上要面對中共的壓力，和國興聯盟分權的威脅。若沒當選，拉長來看必成中共在台最放心的人，甚至還能成為首屆特首。

而民基黨的立場當然希望勝選，但如何乾淨的勝選？就是要透過第三方把偏向私德的問題丟出來，而非民基黨自己主導，才不會受後坐力影響。而整個最主要的樞紐，是賈老總！以賈老總的政治光譜，要接民基黨的案子，實在不太可能，而當時賈老總以保住台灣民主的一席話，打動了張程鈞，現在反推來看，賈老總根本是受對岸的委託。張程鈞一想至此，馬上去電幫忙做信函文宣的朋友，沒接，再播，再打，還是沒接，轉語音！

一夜難眠，老怪傍晚出去後，人也找不到了。張程鈞開始確定自己不但被利用，還可能被

犧牲了，手上訊息響起，一張熟悉的文宣，已經傳到手上了。這些尚未同意釋出的書面信函的文宣，已經寄出了。查看電子新聞，賈老總在上次辦公室所展視的文宣，也上架了！待會可預期的是即將公布的投票模擬的結果，必然是方信德險勝！張程鈞馬上撥給賈老總，賈老總接通了：「怎麼了？等等要開記者會了，文宣先上架了，方信德的小贏加上這份文宣，一定可以刺激民基黨票源！」張程鈞抓狂的問：「我們這份文宣怎麼散布？」賈老總冷冷的回：「這你不用擔心。這一切都會有最好的安排！」隨即通話斷了。

　　張程鈞趕緊查看自己上傳的那些錄音影和檔案資料，完全被刪除了！再次撥製作信函文宣的朋友電話，仍然沒通。但寄初稿的郵件傳來了一個影音連結，張程鈞點入，發現是一個通話錄音，是賈老總打給幫忙做信函文宣朋友的錄音。前面沒開頭，直接收到音的是：「先把信寄出去，已經可以了。」另一個聲音道：「但老大說要再談。」「別管，他已經和我報告過了，先出

去。」「這樣那我就處理了喔。」張程鈞完全想不明白,這是怎麼一回事?

門突然被撞開了!一位身著套裝腳踩高跟鞋的女性,手拿著一件文件晃了一下,問說:「你是張程鈞?」張程鈞問:「你們是誰?」女子說:「我們是來搜東西的,你被方信德提告意圖使人不當選!」張程鈞說:「我要找律師。」女子強勢表示:「你們先搜!」

張程鈞被押在地檢署的居留室,律師已經到了,張程鈞問道:「到底怎麼回事!」律師回道:「整件事似乎是早就準備好的,方信德拿著文宣控告,地檢署馬上派人抓你。私下打聽,原來地檢署早跟你一陣子了。張先生放心,這不是什麼了不起的事。但是製作文宣等事實部分,你要有心理準備。至於查證的部分,說明時可能要小心,因為你向很多人查證的事若被導引成要調查物證,反被以防止串證為由,羈押的機會就很高。」

羈押庭上，張程鈞如律師所建議。認了有製作文宣，但沒多提查證對象。法官再三確認後，檢察官仍要求羈押！這完全超乎常理，檢察官表示：「有未到案共犯！」院察兩方眼神交會後，張程鈞懂了，結果令人意外也不意外，最終聲押獲准！

　　張程鈞在等待移送看守所時，腦袋突然清明起來。這一切，有太多陰謀，而真正主導這一切的，是民基黨！因為唯有民基黨是幕後黑手，這一切才說得通。首先院檢只有民基黨才叫得動，再來能同步掌握賈老總和方信德的，也只有民基黨。雖然被利用的不僅是自己，但被犧牲的僅有自己。因為依照民基黨的劇本走下去，文宣出來，方信德受傷，加上釋出方信德小勝的模擬結果，民基黨激化選舉的目的達成了。而賈老總則是拿人錢財幫人消災。

　　所有利於張程鈞的資料影音全都沒了，想到這兒，張程鈞兩眼一黑。

現代墨者

189

這就是當今世道，誰能當一隻捕蟬的螳螂？
誰又是螳螂後的黃雀？

現代墨者

在十二人的羈押房中，張程鈞看著牆邊的小窗戶，心中想著那句：「不惜一切代價查證，必要時勇敢揭露」的自我勵言。省思這整件事情，對後續難以評估的羈押禁見狀態，張程鈞僅能檢視自己的作為是否違背了自己所信奉的價值。而這個價值是，以公眾利益可犧牲個人利益，也是墨者很重要的存在意境。

在美國憲法第一修正案中，為了讓言論自由受到保障，並藉此發揮新聞媒體得以具新聞報導自由，監督政府和政治人物，其中針對政府和政治人物的政治言論受到的是最高的保障。因為政府和政治人物是有權勢可影響公權力及大眾利益分配。商業言論和一般言論，就較受到保護個人隱私權制衡；也就是說，為揭露政治人物之事，有益於公眾事務者，受到言論自由最高的保障。

張程鈞所揭露之事，不僅涉及政治人物，更是候選人受選民檢視之事項。若僅是感情私事，當然受隱私權保障，但當兩者中一人已婚，在道

德和法律上都踏上紅線，這樣受人民公評的事，
張程鈞認為心安理得的查證並揭露。

　　但讓張程鈞無法釋懷的是：這一切是一個
局，而這個局自己沒看透，沒保護好自己，且拖
累了自己的妻兒。

　　值得與不值得，永遠都沒有答案。

　　**不論是對戰國時代的墨家，還是現代的墨
者，都一樣。**

現代墨者

短篇小品
十卷

人在做，誰在看？

卷一　福德總署之初夢

最近經歷了許多事情，也領略了一些人世間的冷暖，愈發覺得，冥冥中有其規則。在高鐵車上，想著想著就睡著了……

「先生，你這事情是上輩子欠人家的，人家來討了，你可以多做好事積陰德累福報，要不然得去找地藏王，做點功課。」

「哪……該怎麼做？」

「去化十斤大銀、十斤本命錢、九朵蓮花，和地藏王說。」

看著路旁的一位六神無主的男子，和一位有著神祕氣質的氈帽客，進行這段對話。

待男子垂頭喪氣離開後，另一位看來是風塵

中人的大姐，接著問了去……

　　伸頭瞄一下，氅帽客旁有疊黃紙，原來空的部分悠悠地浮出了一些說明文字，就瞧著上面先出現一段說明文字，後來出現了幾斤的什麼的指示，最後空著欄位署名「福德值代理人　氅帽客」，以及「福德總署」等字樣與關防。

　　難道我們人在另一個世界，和我們台灣的健保一樣有所謂的額度？平常要積福累德，若不夠了，可以找健保黃牛幫忙調？

　　突然，我就醒來了，剛到台中……

卷二　福德總署之黃紙

　　就在高鐵上，被鄰近嬰孩的哭鬧聲吵醒後，回頭望望這彷如自己剛滿三歲的兒子吵鬧時一般的源頭，想著兒子，也就微笑著繼續沈思。

　　想著想著，恍恍惚惚，眼前浮起夢中魘帽客手邊的黃紙。上面密密麻麻的寫滿了注意事項。有看，但一時也沒弄明白，最引人注意的是，積福累德的行為和數額還有換算點數，還真的與台灣健保給付給醫院診所的點值類似，例如捐助為善，台幣一百萬，換算福德值一百點；身體力行修橋補路一百小時，換算福德值一百點，好多這樣類似的換算行為和數字，還都是動態在顯現，彷如先進的超薄電子紙一樣，著實有趣。

　　看來另一個世界有個福德總署，在核計我們這個世上所有人的福德值，若累積夠多，就足以消災解厄，若一時不夠，可以透過各種信仰的代

理人，以各自的儀式來預借點數。

　　才剛想的有點真切，哇的一聲！那位小祖宗
又嚎了起來，看來我這鮮事只能夢中尋了，車上
廣播著要到站了，我也沒機會再細看夢中事，也
許哪天昏昏欲睡時，再續黃粱了。

卷三　福德總署之魘帽客

這幾天，有位長輩建議可以去台北行天宮或是萬華龍山寺的地下道走走，那邊有些測字或是看相的人，去聽聽也許會有不一樣的想法。

這些說法改善一些遇到困惑，或是生命遇到正在重大轉變的人，使得做決定時能有些許的幫助，這在心理學上是有根據的，稱為「心理暗示」。

就這樣，利用中午休息空檔，到了其中一個地方走走。帶著特別的感覺，就在左側的地下道第七個位置上，看到了之前在高鐵上睡著時所看到的魘帽客！

魘帽客壓低著帽沿，低聲在那兒幫人述說著如何使用多少的蓮花座、大銀、本命錢等等去消業解障。

　　令人感到**驚訝**的是，坐著聽這些的女士，應當有些年紀且臉與脖子上的粉相當厚，帶著大墨鏡，並且在回應時的口頭禪還非常特別，怎麼看都像是電視上的某位資深媒體人。稍稍站近一點，聽到他們之間的對話……

　　「師父，這些案子的化解方式，要一個一個去求嗎？」墨鏡粉面女子問道。

　　「是，因為每個都是妳上輩子有關係的人，大家都因為一樣的理由來找妳，現在妳不但沒修福造德，甚至還變本加厲找人晦氣，這些都會一再扣除妳過去幾輩子累積的福德，雖然妳前幾輩子造橋修路做了很多好事，但照妳這樣花費下去，不用等到下輩子，妳這輩子就會有現世報。」氋帽客尖聲尖氣的叨絮著說。

　　「師父你這樣說，難道要我都不講話嗎？這些人真的很壞，我只是把我聽到的講出來啊！」墨鏡粉面女子發嗲的說著。

「妳有幾分證據說幾分話，若只是一般市井小民倒還好，但妳都在媒體上大鳴大放，幾輩子的福德都不夠一次的惡意傷人啊！妳信不信？自己最清楚。」霓帽客聲音轉為極為怪異的低沉。

「那我要去地藏王菩薩那邊幾次？」墨鏡粉面女子心不甘情不願地問著。

「地藏王菩薩會告訴你，若妳每次處理之後問祂都不滿意，就一斤一斤往上加，直到聖爻出現。」

聽到這裡，我不禁偷笑，若以這位女士的傳播強度與廣度，不燒幾組像 101 大樓一般高的量，可能很難解除這些業障⋯⋯

原來，夢中的那位霓帽客，真的存在這個世上，而且還真的有福德值可以置換，但是難道做了傷天害理的事情之後，真的可以靠燒燒紙錢找神明消除業障就行嗎？這樣有錢人不就什麼也不

怕了？

　　帶著疑問，我離開了地下道……

卷四　福德總署之**點值**

　　這幾天忙著整理一些台灣政治言論市場的機制，愈整理愈確認，台灣的政治言論機制大致為兩個階段：一個是共振期，接著是放大期。

　　共振期是一個政治訊息在網路特定的社群出現之後，經過平面媒體電子即時新聞登載「網友表示」的新聞後，再回頭被轉載進到其他社群，這樣的過程就是共振期。這期間一條新聞若不足以引起共鳴就共振不起來，若對了味就會開始共振，在網路特定社群中與即時新聞之間往返的引用和討論。

　　而所謂的放大期，就是這些訊息在電子媒體不管是自網路特定社群或即時新聞中引用，在政論性節目被全面使用，經過評論員的表演與陳述，產生放大效果。最後的影響就是，行政系統與立法系統針對政策或法令做修改，或者是特定

政治人物與團體的民調支持度降低。

　　這個機制在我們眼前已經不知道跑了幾次，如由洪仲丘事件中的范佐憲，到馬英九總統在太陽花時期的馬卡茸，以及去年九合一選舉期間的「別讓勝文不開心」，這些都是一些例證。在思考這些問題的當下，想到這些損人不利己，甚至損人利己的言論，沒有辦法還當事人公平正義下，難道對這些惡意者都沒有任何影響？想想還是有的，因為這些行為，形塑了一個很惡質的言論環境，遲早反噬。

　　當然，搜集和想這些東西，很燒腦子的，自然也就容易打瞌睡。還好最近打瞌睡都還有收穫，就是能夠看看另一個世界的福德總署怎麼運作的……就這樣帶著期待，進入了夢中……

　　一眨眼，看到了一棟建築物，高聳入雲，比101還高，但卻沒有任何窗戶，只有一個高高的木門，木門兩旁寫著：

【福在人心須能容下酸甜苦辣萬般味】
【德存世間得以廣澤貧賤富貴百種人】

　　門雖大但輕輕一推，就開了，還想著是不是電動門呢。一進門長長的走道，還真像電影 MIB 的那個星際警探總局一般。眼前浮現半透明的投影畫面，算是相當先進的顯示技術。

　　投影畫面正播出，現任總統在參加一個回顧展的畫面，指著一位前任總統的名字說「你們看這是誰？」

　　這時螢幕的旁邊，就開始出現一個顏色和之前看到的黃紙一般的小方塊，上面開始跑出來幾個人名和對應的數據，包含李老先生、陸委會黃前主委與蔡女士等等，李先生的點值大幅地降低，黃前主委的也掉了一些，比較有趣的是蔡女士的沒甚麼動。

　　我還想這個數值是電話 call in 的支持通數

嗎？還是什麼？再看一下才確認，這些數字就是
這幾位人士的福德點值！對應的就是這些人是否
做出會影響世間的行為舉止，影響範圍大小，和
言論是否一致等等作為增減的依據。

所以，這樣看來前後不一致落差愈大，身分
愈高影響的範圍愈大，福德點值變動愈大。這我
就有點覺得怪了，蔡女士身分相當高，可能是下
任總統，為何點值變動不大呢？是因為她一直模
糊不表態，所以就沒有前後不一致嗎？還是她其
實不像人家說的那麼重要，所以影響不大所以才
如此？

我不知道，因為這些數值只有上上下下，沒
有理由。畫面一直在跑，一閃即過，但留下不少
疑問，而這也讓我知道了一些這個福德總署運作
道理。

不例外的，夢中遇到傷腦的事情，就會又逃
回現實中……

卷五　福德總署之業障

　　近日家中妻兒包含自己，剛脫離流感的席捲，這段期間頭痛的頭痛，發燒的發燒，最讓人擔心的是沒有全面斷根脫離流感圈的情況下，疫情隨時會單點突破，全面擴散。因此，晚上睡眠不足，白天昏沉已經快成為常態。

　　近日看到台北五大弊案，一個一個都在外科急診醫師出身的市長，找了一組人以廉政委員會的名義，以各種治療法，一一處置。有人看了大聲喊好，也有人看了痛心不已，更有人不痛不癢。

　　日有所思夜有所夢，當然在日前中午小瞇一下時，再次夢到了那位黌帽客。這次很妙，這位黌帽客生意相當興隆，一整串的人在排隊，仔細一看排隊的人都是些大老闆。有建商，有金融業，電子巨擘的兒子也在，還有一些看似助理秘書的跟在旁邊協助記錄黌帽客口中所提的指示。

　　「請問，我這當年也是正正當當標來的案子，現在被刻意放話，雖然沒有違法但觀感不好，這我到底該怎麼辦？」這位年輕的富二代額頭冒著汗問著。

　　「沒有辦法，這是你父親留給你的。你父親留給你的不論好壞，你都有承擔的義務，就算這輩子不擔，下輩子也要面對。」覕帽客瞄了一眼說著。

　　「那我讓我父親去處理嗎？」

　　「不成，這得你自己處理，要不然那只是你父親所解的部分，你的部分自己要面對。」覕帽客伸出長長的手指頭頂了頂帽沿，繼續說到：「你這部分還好，只是因為你未來還有許多事要面對，等於只是把你未來要面對的問題，提早現在處理，這是你父親向關二爺求來的機會，你別當成是你的業障了。反正對方只是要錢，沒有什麼能多說的。」

說著，就看著富二代和旁邊一同來微胖的老臣，一前一後離開了。

　　同樣瘦瘦的建築大亨原先還往返踱步著，一看到羆帽客有空檔馬上坐下：「請問，我這顆蛋怎麼辦？明明一次一次的會議都講得清清楚楚，當年壓根沒人願意做的，我跳下來之後，沒想到那位只要錢不做事的建築師居然獅子大開口，要我出錢就好不要管這個案子，說什麼和日商都談妥的，現在真的弄得我好亂啊……」

　　「不要急，讓我看看。」就看羆帽客由桌面上的黃紙中翻了翻，由中間和底下抽了幾張之後，整成了一份大約二、三十頁的資料，一面看一面搖頭……

　　「你這種做生意的方式，還沒有被關已經是上次用了足足大半年的時間，去調了你未來兩世的額度了。你這次主要還是和那位建築師的問題，其他被刁難都只是過程，因為那位外科醫生

是有任務的,是來幫忙消業障的,若不是這樣一
個人,大概這些問題都還得糾纏許久。」

聽到這裡,我倒是心頭一震,新任市長是來
消業障的?想想也是,不論是目蓮救母還是周處
除三害,所做的都是霹靂手段才能解除困境。看
來,當一個地方的業障多到一個程度,福德總署
會安排一個人來大量的、快速的處理這些事情。
如希特勒的出現,秦始皇以及毛澤東都在歷史的
偶然中出現,並且發動了大規模的屠殺,若不是
有這樣的任務,實在很難想像如何發生的。

這是一種很極端的消除業障的方式,若非太
多的累積,實在不要用這麼可怕的方式來消除。
（註1）

註1:業障這個概念,若當成是過多的偏見所造成積非成是的
冤假錯案,就比較不會那麼迷信的味道。因為法律本身
也是人訂的,例如民國三、四十年期間訂的法律,在時
空背景變化如此巨大下,若還不進行修法或廢止,這樣
造成的問題,可以稱為業障,也有人稱為共業。

卷六　福德總署之匿名

　　一早看到這個報導，一份居然可以在路上撿到的公文，被「網友」貼在 PTT 上，然後成為日報的即時新聞。

　　一閃神，飄過來一張黃紙。上面寫得很清楚：「匿名者－為鼓勵為善者，同等素材以匿名為之其福德值可增加五成，但造成損害部分，需視造成損害範圍及大小予以加倍扣除。以匿名行為所造成福德值之扣除額度，因係屬蓄意且惡意之行為，不得以任何方式預支未來福德值。」

　　原來還是有不能預支的情況啊！之前幾次不論是名嘴還是政治素人，原來他們基本上還是有所本或基於所信仰為善理念去做的事，雖然讓其他人受到傷害，至少還是心存善念而為，只是立場不同罷了。若是本著惡意並蓄意為之的惡行，這就完全沒辦法用燒燒金紙、拜拜神佛解決了。

現代墨者

　　這樣回想起來，其實去年選舉期間很多在網路上匿名流傳的訊息，包含「別讓勝文不開心」，還是老鼠尾到今天看到的匿名文章外洩公文，由於都直接寫在公開的網路社群平台上了，絕對是蓄意的了。但到底是心存惡意？還只是好玩？

　　心存善意或惡意，一時之間大多無法判知，但你知我知天知地知？最重要的，自己的良心是否安穩。法律上對於誹謗也是要講真實惡意與否作為是否觸法的依據。其所評論者必須與公眾利益有關：這也就是對於「可受公評之事」評論。其評論所根據或所評論之事實，應隨同評論一併公開陳述或已為眾所周知之事實；表意人為評論時，其動機並非以損害他人之名譽為唯一目的，這也可以說，言論須為「善意適當」。

　　所以，匿名又毫無善意且無關公共利益，在法律上是受到處罰的。但當涉及公共利益，然而非事實在法律層面或許會有爭議，但在福德總署

看來可是扣大了。

　　就這麼一眨眼的時間，這張黃紙在手中忽地
自燃了起來……

卷七　福德總署之**媒體**

　　上星期在我手上自燃的黃紙，一下子沒來得及丟開，燒到了大拇指還起了小水泡，這兩天才比較好些。這星期媒體自律問題再次被提起，不論是自由時報對資深媒體人李××的對話，還是林××記者會指明特定中國時報離開否則不開等現象，都證實了一件事，媒體已經深深地影響了我們。

　　媒體的角色，本來理想中新聞媒體的定位應為「公正客觀」，擁有監督政府的第四權，並遵循守門人理論。新聞人應秉持公民倫理與道德的精神，將真實不作假的新聞呈現給閱聽眾。探求真相，維護人民權利。很好奇，到底媒體從業人員，在道德風險這麼高的職業，他們的福德值不就波動很大嗎？

　　日前到一間規模不大，但是香火鼎盛的廟

宇，旁邊賣金紙的店面，有著各式各樣不同的「套裝」：消業障、冤親債主、感情糾葛等等，發現欄位收費樣式最有趣的一組就是口業。這紙錢中間印有經文，右緣印「太上金籙賜福解厄消災解連妙經」，左緣則印著「消災解厄大天尊」。商家說是專用來解口業的叫做解連經，很多人會買然後請法師幫忙。看來，在另一個世界為了解決這些各式各樣不同的福德值的計算與補救，還真的有不少學問。

在煙霧裊裊之中，法師做事情的桌上，看到了好幾疊解連經，上面壓著幾位名字熟悉的人。不知道是不是某報社揪團來處理這事情了？看著法師頭上冒著大汗珠，搖頭晃腦的，看來似乎不好處理。令人不解的是，身為媒體人為何不一開始行正坐直就好，把新聞寫成小說甚至比網路上的匿名文章都不如，這樣解的了嗎？

看來，福德總署很快就要出新的黃紙公告，要調整新聞從業人員的相關福德點值了～

卷八　福德總署之專家

　　台灣是一個盛產專家的地方，尤其是很多專家還都跨領域，最有名的就是由化學跨行處理教育，還提出教改的諾貝爾得主，疑惑了許多家長和老師，十年間造就了二百萬位教改白老鼠，就因為台灣迷信專家。然而也因為少數不甘寂寞的專家，尤其是傳統三師，律師、醫師和會計師在太陽花運動後都出來跨領域表達意見了。若以不同領域的觀點來補強充實公共意見，這是全民之福，若反之以自己專業領域的眼界，進行專家宰制的言論，這其實是破壞民主政治的運作，強化民粹的作為，若有志參與公共事務豈能不慎。

　　之前曾經夢到高聳入雲的福德總署本部，裡面呈現各種人的畫面也同步調整每個人的福德值，印象模模糊糊的，昨日我試著夜跑的時候竟然發現，就在台北的象山腳下，白天是一棟大約二十幾層樓的大樓，怎麼深夜看來比 101 大樓

還高！而且印象中總署的大樓是沒窗戶的，仔細一看其實整棟都是玻璃帷幕。好奇之下，過去看看，大樓內相當繁忙，高大的門上還是同樣的兩行字，但不同的是增加了不少螢幕，看來需要列管的人又變多了。看到不少想轉進選立委的新進律師名字，以及幾位被稱為名嘴的達人大名也在上面。很有趣的是，福德總署好像有一個大數據中心，可以全面收集大家的各種公開言論，然後用資料採礦的方式，用關鍵字串以及福德專用字典，分別計算這些言論所增減的福德值。

不經意看到一位被稱為宅神的健壯人士資料，覺得很特別，因為別人都是網路文章為主，這個人的不但有網路文章，還有很多上電視台政論節目的內容畫面，就看畫面快速地依照時序閃過，以及看著一些關鍵字在閃亮後跳出，每個關鍵字都還有加權的數值，看來另一個世界的文本分析技術，顯然比我所在的世界強多了。

就這樣，看看時間都深夜了，往外一看路上

也看不到人煙了，趕緊加快步伐往家的方向跑。不禁回頭望望這棟平常熟悉，但卻又不熟悉的大樓，怎麼又恢復成了一般的模樣……

在總署看到的一切，不禁會反省，一些說出的話語真的要注意，難怪老人家說：「莫要人不知，除非己莫為」。話說得多不如說得少，說得少不如做得好，沉潛調適、修身養性，才是正道。

卷九　福德總署之判官

　　幾次遇到福德代理人與進出福德總署的經驗，通常都是迷迷糊糊的時候，這兩天天氣熱起來，到辦公室整理資料偏偏冷氣壞了，居然心臟一縮，悶痛之下有點昏厥的感覺。睜眼一看，看到福德總署牆外衣面大大的螢幕，正實況轉播著判官審案，而且在判官面前坐著一群司法人員！

　　旁邊有人交頭接耳的說著：「看來這位在人間作威作福的，總算吃到苦頭了。」「這些人，判生判死，有些心理不坦蕩的還懂得去求神安心，有些根本當作是生意在做，真是累積了幾輩子的福德，當了法官卻如此浪費，真是可惜了！」

　　這樣聽起來，似乎在人世間的司法人員，做了缺德事，就不是扣扣點數了得，還得面對判官審判。這樣看來，人世間的問題，缺德的交給福德總署扣點數，但犯了法的交給司法系統處理。

但司法人員缺了德犯了法，是得被判官審理。

　　一下子，就看到一個貌似法官的被判官丟進油鍋，另一個牙尖嘴利的檢察官給拋上刀山。旁人驚呼「進油鍋的，那不就是專做一審法官，常一審重判，被二審打回的那個惡質法官嗎？」「那個檢察官，不就是專門誇大事實，曲意惡解想升官的那個主任檢察官？」

　　這一切，似乎全貌已經清楚了！福德總署是介於人世間與另一個世界的銜接單位，而透過福德值的制度管理兩邊世界的平衡，輔以判官來處理人事間的司法穩定性。

　　悶悶的房間，就這樣，我醒來滿身大汗，似懂非懂的，看透了這些牛鬼蛇神。

卷十　福德總署之最後

　　福德，這個概念融合道德與人性的期待。西方基督天主與猶太的神學中，沒有輪迴系統的概念。東方的佛道釋等，以及許多原始信仰，有輪迴概念。但都有靈魂，也都有報應的思維。

　　因此，在選擇題材與方式，選擇了道教的方向，做了一個福德值的想像系統。一開始想把一些時事，用隱喻的方式，表達自己的看法。後來為了有系統的討論一些現象，分成了名嘴、素人政客、網路匿名、媒體偏好、專家亂政與司法怪象幾篇。從小說一開始的鋪陳到最後，共十篇短文，整理了一些思維，或許會讓一些親友看了不舒服。

　　但，這是我人生的註腳，就當作是我個人自我療癒的過程吧！

　　謝謝。

現代墨者

ⓘ 現代墨者，選舉策略師

作者／張雅屏
文字編輯／魏賓千、侯凱翔
執行編輯／李寶怡
封面設計／廖鳳如
美術編輯／張靜怡
企畫選書人／賈俊國

總編輯／賈俊國
副總編輯／蘇士尹
編輯／高懿萩
行銷企畫／張莉榮、廖可筠、蕭羽猜
發行人／何飛鵬
法律顧問／元禾法律事務所王子文律師

出版／布克文化出版事業部
台北市民生東路二段 141 號 8 樓
電話：02-2500-7008
傳真：02-2502-7676
Email：sbooker.service@cite.com.tw

發行／英屬蓋曼群島商家庭傳媒股份有限公司城邦分公司
台北市中山區民生東路二段 141 號 2 樓
書虫客服服務專線：02-25007718；25007719
24 小時傳真專線：02-25001990；25001991
劃撥帳號：19863813；戶名：書虫股份有限公司
讀者服務信箱：service@readingclub.com.tw

香港發行所／城邦（香港）出版集團有限公司
香港灣仔駱克道 193 號東超商業中心 1 樓
電話：+86-2508-6231　**傳真：**+86-2578-9337
Email：hkcite@biznetvigator.com

馬新發行所／城邦（馬新）出版集團 Cite (M) Sdn.
Bhd.41, Jalan Radin Anum, Bandar Baru Sri Petaing, 57000 Kuala Lumpur, Malaysia
電話：+603-9057-8822　**傳真：**+603-9057-6622
Email：cite@cite.com.my

印刷／卡樂彩色製版印刷有限公司
初版／2020 年（民 109）1 月
售價／新台幣 300 元
ISBN／978-986-5405-43-4

城邦讀書花園　布克文化
www.cite.com.tw　WWW.SBOOKER.COM.TW